나는 그것에 대해
아주 오랫동안
　　　생각해

나는 그것에 대해
아주 오랫동안
생각해

김금희 짧은 소설

곽명주 그림

마음산책

김금희

2009년 〈한국일보〉 신춘문예에 단편소설 「너의 도큐먼트」가 당선되어 작품 활동을 시작했다. 소설집 『센티멘털도 하루 이틀』 『너무 한낮의 연애』 『오직 한 사람의 차지』 『우리는 페퍼로니에서 왔어』, 중편소설 『나의 사랑, 매기』와 장편소설 『경애의 마음』 『복자에게』, 연작소설 『크리스마스 타일』을 냈고, 산문집으로 『사랑 밖의 모든 말들』 『식물적 낙관』이 있다. 신동엽문학상, 젊은작가상 대상, 현대문학상, 우현예술상, 김승옥문학상 대상, 오늘의 젊은 예술가상 등을 받았다.

　　나는 그것에 대해
아주 오랫동안
　　　　생각해

1판　1쇄 발행　2018년　10월　30일
1판 20쇄 발행　2024년　 1월　15일

지은이 | 김금희
그린이 | 곽명주
펴낸이 | 정은숙
펴낸곳 | 마음산책

편집 | 성혜현·박선우·김수경·나한비·이동근
디자인 | 최정윤·오세라·한우리
마케팅 | 권혁준·권지원·김은비
경영지원 | 박지혜

등록 | 2000년 7월 28일(제2000-000237호)
주소 | (우 04043) 서울시 마포구 잔다리로3안길 20
전화 | 대표 362-1452 편집 362-1451　팩스 | 362-1455
홈페이지 | www.maumsan.com
블로그 | blog.naver.com/maumsanchaek
트위터 | twitter.com/maumsanchaek
페이스북 | facebook.com/maumsan
인스타그램 | instagram.com/maumsanchaek
전자우편 | maum@maumsan.com

ISBN 978-89-6090-548-1 03810

* 책값은 뒤표지에 있습니다.

"그래, 나에게 안 가려 그러지."

"정말 고쳐지던 나에게는 가려고 않으리고."

  책을 내기 전에는 으레 그렇지만 왠지 주위의 모든 것이 거리를 두고 물러나 있는 기분이다. 여기에 실린 짧은 소설을 쓸 때만 해도 와글와글하게 일상을 채우던 사람들, 감정들, 마감에 쫓겨 이야깃거리를 찾아야 하는 때가 오면 어김없이 환대하던 우연하고도 결정적인 풍경들, 모두 어디로 가버렸을까. 그 다정하고 친절했던 것들, 하지만 가끔은 너무 가까이 있어서 들여다보다 보면 나도 모르게 손을 내밀어 밀치게 되던 마음들.

  무언가를 잃어버렸음을 아프게 인정할 때에야 무언가를 쓸 용기가 생기고, 두렵지만 그 상실을 오랫동안 들여다보았을 때

에야 문장들이 나갈 수 있다는 건 비참한 일도 고통스러운 일도 아닐 것이다. 그렇게 해서 어느 시절에 관한 희미한 지도를 손에 쥐거나, 이제는 더 이상 같은 거리에 있어주지 않는 사람의 사사로운 기억을 '사사롭지 않게' 기록해두는 건 항상 내가 할 수 있는 최선이니까.

그러므로 당신들이 괜찮다면 나는 아주 오랫동안 당신들에 대해 생각할 것이라고 말하고 싶다. 이야기는 계속되고 우리는 그 안에서 자주 만났다가 헤어지며 그리워도 하겠지만 끝내 서로를 다 이해하지는 못할 거라고. 하지만 그렇게 거듭되는 재회와 헤어짐 속에서도 당신들이 처음 내 마음속에 들어와 헤이, 라고 스스로의 존재를 각인시켰던 그 눈부신 순간에 대한 감각은 잃지 않을 것이다. 그것은 떠난 사람들이 우리에게서 차마 가져가지 못하는, 누군가를 사랑하고 다정함을 주었던 사람이라면 마땅히 차지해야 할 오롯한 빛이니까.

이 이야기들은 지난해에 집중적으로 썼다. 그 계절들을 넘어

갈 수 있게 곁에 있어주었던 친구들에게 고마움을 전한다. 책으로 묶이기까지 동반자가 되어준 마음산책과 그림으로 함께해준 곽명주 작가님께도 감사의 인사를 드린다. 그리고 당연히 글을 읽어주는 여러분께도. 내가 다음 이야기를 쓸 수 있는 것, 도망가지 않고 여기서 쓰는 사람으로 남을 수 있는 것 모두 당신들 덕분이라는 사실을 늘 생각한다.

새 운동화를 산 다음 날의 밤

김금희

차례

우리가 헤이, 라고 부를 때

온난한 하루

춤을 추며 말없이

그건 어떤 이별에 대한 뒤늦은 실감이자
그리움 같은 것이었고 동시에 미안함이기도 했다.

우리가
헤이, 라고 부를 때

원피스를 돌려줘

윤경은 눈을 뜨자마자 산술이라는 단어를 생각했다. 학교 다닐 때 수학을 끔찍하게 싫어해서 대학 가서 가장 좋았던 것으로 연애를 할 수 있는 것과 수학을 배우지 않아도 된다는 사실을 꼽을 정도였는데, 산술이라는 너무나 산술적인 단어가 대체 머릿속 어디에 보관되어 있다가 튀어나왔는지 알 수 없었다. 자리에서 일어난 윤경은 그 단어를 머릿속으로 공구르기 시작했다. 마치 소중한 똥 덩이를 가뿐한 여섯 개의 다리로 굴리는 소똥구리처럼.

그러면서도 출근을 해야 하니까 옷장을 열어서 입을 옷을

찾다가 문득 몇 해 전 샀던 검고 희고 파란 세 줄의 스트라이프 원피스를 떠올렸다. 시원하고 잘 어울려서 여름이면 입고 다니던 옷이었다. 그 원피스를 생각하니 3년 전 시작했다가 지난해에 끝난 연애가 떠올랐고 마침 공굴리던 산술이라는 단어가 찰싹 붙으면서 그 연애가 제대로 산술되었던가, 그러니까 더하고 빼고 주고 받고 하는 과정이 깔끔했던가, 하는 생각이 들었다. 순간적으로 이는 오욕칠정의 회한 속에서도 분명한 건 그 원피스가 윤경에게 없고 옛 연인, 상조에게 가 있다는 점이었다. 윤경은 문득 상조가 원피스를 어떻게 했을까 궁금했다. 다른 물건이야 연애가 끝나면 버리거나 심지어 팔 수도 있지만 옷은 단순히 물건이라고 하기에는 영혼이 '짙게' 들어가 있으니까. 그 처리 결과를 알지 못한다면 마음이 영 찜찜할 것 같았다. 아직 그 연애의 모든 것이 정산되지 않은 느낌이었다.

윤경은 사무실에서 반나절을 고민하다가 "내 원피스 돌려줘"라고 문자메시지를 보냈다. 그러고 나서 한두 시간은 정말 지옥불 같았다. 답이 올 경우와 오지 않을 경우를 나눠가며 혹시 그 답신의 내용으로 자기가 또다시 일종의 번뇌에 휩싸이

지 않을까 전전긍긍했다. 퇴근 시간이 지난 뒤에야 겨우 도착한 상조의 문자메시지는 "무슨 원피스?" 하는 물음이었다. "핸드폰 집에 놓고 출근했었네"라는 변명과 함께.

한동안 상조와 윤경은 원피스에 대한 기억을 맞춰보기 위해 문자메시지를 주고받아야 했다. 하나의 기억이 더해지면 그것을 상쇄하는 전혀 다른 기억이 등장하는, 극성이 다른 기억이 또 다른 기억을 밀어내는 듯한 시간이었다. 원피스가 상조의 집에 있다고 확신하는 지점부터 상조는 동의하지 않았다. 윤경은 둘이 교토 여행을 갔을 때 그 원피스를 입었고 료칸에 두고 오는 바람에 상조네 집 주소로 돌려받았다고 기억했다. 하지만 상조는 여행에서 윤경이 그런 원피스를 입었다는 사실마저 기억하지 못했다. 하는 수 없이 윤경은 이성적으로라면 꼼꼼히 삭제해야 했지만 불행히도 아이폰의 아이클라우드에 저절로 저장되어버린 사진들을 뒤적여 그들이 은각사를 배경으로 나란히 앉아 있는 사진을 보내주어야 했다. 사진에서 둘은 웃고 있었다.

상조는 한 이틀 생각해보더니 이번에는 자기네 집으로 받았

을 리가 없다고 했다. 그때 상조가 살았던 오피스텔에는 경비가 없어서 웬만하면 택배를 집으로 받지 않았다는 것이다. 윤경이 다시 생각해보니 하긴 그랬다. 고향에서 올라오는 음식들도 상조는 다 사무실로 받았으니까. 그래서 상조의 차에서는 일정한 시기마다 고향의 엄마가 부친 김치며 장아찌 냄새가 나곤 했다.

연애 기간 동안 상조의 가족들을 직접 만난 적은 없지만 윤경에게는 그런 음식 냄새야말로 저 남쪽에 그들, 상조의 가족들이 있다는 실감이었다. 특히 굴, 통영이 집인 상조네에서는 찬 바람이 부는 11월이면 갓 딴 굴이 올라왔다. 어느 날 차에서 그 비릿하고 짭조름한 바다 냄새가 풍겨오면 겨울이 왔다는 증거였다. 5분만 뛰어가면 바다가 있어서 그 앞에서는 어떤 말과 마음을 보여주어도 다 받아주는 것 같다던 상조의 동네. 윤경은 스티로폼 상자에 굴과 함께 들어 있던 바닷물을 생각하다가 "가족들은 잘 계시지?"라고 물었고 "엄마는 올봄에 돌아가셨어"라는 답을 받았다.

윤경과 상조가 직접 만난 건 그렇게 두 달이 지나서였다. 그동안 둘은 원피스에 대해서만 이야기하다가 나중에는 원피스에 대해서는 이야기하지 않았다. 원피스는 분명 둘의 어느 시절에 누군가에게 있다가 사라졌지만, 그 경로에 대해서는 끝내 합의하지 못했다. 오후에 만난 둘은 주말이라 만석인 카페들을 전전하다가 피로해졌고 드라이브나 할까, 하는 상조의 제안에 차를 탔다. 차에서는 복숭아 계열의 아주 시고 달달한 인공 향이 났다. 이제 그 공간을 채울 냄새는 그런 것밖에 없겠지 싶자 윤경은 상조의 어깨를 한번 쓸어주고 싶은 기분이었다.

자유로를 탄 자동차는 막히는 데 없이 달렸는데, 어디로 빠져나가 어디로 가야 할지는 둘 다 딱히 의견이 없었다. 그러다 보니 마냥 달려 헤이리로 갔고 백숙과 두부와 장어 일색인 그 음식점들 사이에서 말복이라는 이유로 백숙을 먹었다. 백숙집에서는 바로 무인 모텔들이 바라다보여서 윤경은 이곳이 옛 연인과 재회하기에는 참 안 어울린다고 생각했다.

"백숙이 맛이 있지? 그래도 백숙이."

윤경은 그런 마음을 떨쳐내기 위해 명랑하게 물었다.

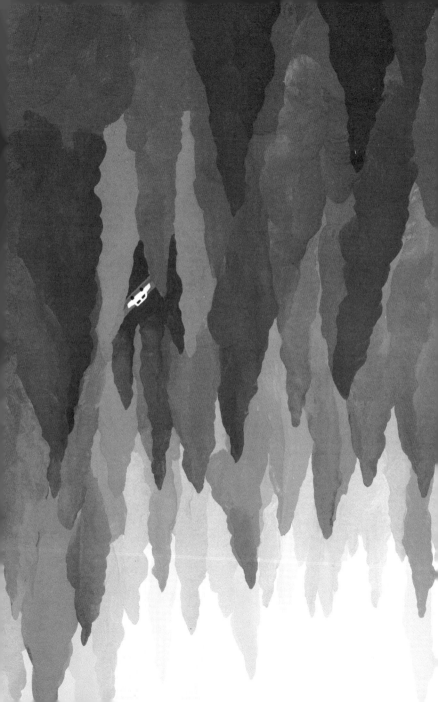

"백숙이 백숙 맛이지 뭐."

상조는 대답과 달리 닭 뼈를 쪽쪽 야무지게 발라내며 말했다. 그런 것, 매사에 무슨 일에나 시들하고 관심이 없는 것, 그렇게 해서 옆사람의 생기까지도 제습제처럼 빨아들여 무기력하게 만드는 것. 그건 윤경이 제일 못 견뎌 하던 상조의 모습이었다. 윤경은 헤어져 있던 1년이라는 시간은 그냥 1년일 뿐이라는 생각을 했다.

분위기가 좀 시들해지긴 했지만 둘은 그래도 여기까지 왔으니까 헤이리를 구경하기로 했다. 차를 공터에 세우고 그 비슷비슷해 보이는 카페와 레스토랑 들을 지나는 동안 둘은 말이 없었다. 그러다 둘 다 웃음이 함께 터졌는데 안내 지도 옆에 누군가 헤이리가 아니라 '헤매리'라고 낙서해놓았기 때문이었다.

차를 마시는 동안에도 둘의 대화는 이어졌다 끊어졌다 했다. 수풀과 다리, 천변, 풀벌레 그리고 밤바람 모든 것이 함께 떠난 교토 여행을 떠올리게 했지만 둘은 밤공기가 너무 좋네, 사람이 참 마음만으로 할 수 있는 게 별로 없어, 같은 선문답만 주고받았다. 그건 마음의 거리를 두려는 사람들이 주로 하

는 대화였다.

폐점 시간이 되어 카페에서 나온 둘은 자동차를 주차한 공터로 향했는데 어딘지 헷갈리기 시작했다. 처음에는 곧 찾겠지 싶어서 왔던 길이라고 짐작되는 곳으로 마냥 걸었는데 아니었다. 둘은 다시 차를 마셨던 카페로 와서 길을 되짚어 가기도 했는데 갈림길이 많고 불이 꺼져서 어두운 데다 지표로 삼을 만한 가게들이 외양도 비슷하고 이름도 거기서 거기인 스파게티와 스테이크 집들이라서 혼란에 빠졌다. 주차한 곳에 대한 기억이 둘 다 다른 점도 난관이었다. 그 앞에 박물관이 있었다고 윤경이 말해서 상조는 우리가 이동한 거리가 그 정도가 아니라고 하면서도 할 수 없이 따라갔는데 거기에는 주차 공간이라고는 전혀 없었다.

"없잖아, 왜 우겨, 아니라니까."

상조가 등이 흥건히 젖을 정도로 땀을 흘리면서 불평했다.

"내가 언제 우겼어? 기억이 그렇다고 했지."

"아니야, 너 정말 잘 우겨. 원피스도 우겼잖아. 없잖아, 우리 집에."

"있어, 분명히 있어. 네가 성의가 없어서 안 찾아서 그렇지."

"아냐, 없었어. 너도 그런가 보다 했잖아."

"야 있다, 나 솔직히 그렇게 생각해. 있다고 생각한다고."

둘은 한참 말없이 털레털레 걸었다. 이윽고 상조가 내비게이션으로 백숙집을 검색해 헤이리로 오기 위해서 어느 문으로 들어오는지를 찾아보더니 북문이라고 했다. 그래서 북문으로 갔지만 거기도 문 닫은 가게들과 '사랑의 오솔길'이라는 뜬금없는 안내판뿐이었다. 인적이 드물어지자 그 낭만의 데이트 장소는 어떤 나쁜 일이 일어나도 이상하지 않을 듯한 불행의 배경지처럼 느껴졌다.

"괴괴하네. 아무것도 없네."

윤경은 한 시간 넘게 헤매느라 다리가 아팠고 자리에 주저앉았다. 윤경과 좀 떨어진 곳에 상조가 쪼그려 앉았다.

"아주 분위기 좋다. 끝내준다."

윤경이 다시 말하자 상조가 빈정거리지 좀 마, 라고 했다.

"나도 최선을 다하고 있어."

윤경은 잠깐 택시를 불러서 서울로 돌아갈까 싶었지만 여기

까지 택시가 올지도 모르겠고 그렇게 상조를 두고 가면 그것이 그들의 진짜 마지막이 되리라는 생각에 다시 끙 하고 일어섰다. 둘은 지친 다리를 끌고 몇 발자국의 간격을 두고 걸으면서 아무리 생각해도 박물관이 있지 않았어? 아니, 박물관은 없었잖아, 봤잖아, 가봤잖아, 하는 대화를 주고받았다. 그렇게 최선을 다해 서로 따져보다가도 설마 여기서 밤까지 새우겠나 하는 낙관이 들어 후 하고 밤공기를 들이마셔보는, 곧장 차를 찾아 떠날 수 있을 것 같다가도 또 오리무중의 길들이 자꾸 이어지는 그 밤은, 대체 각자의 집으로 돌아가려면 얼마의 시간과 거리가 남았는지 도무지 알 수가 없는 산술 불가의 여름밤이었다.

규카쓰를 먹을래

희영과 소영 그리고 한영은 대학 동아리에서부터 '영 자매'라고 불렸다. 셋 다 이름이 '영'자로 끝났기 때문인데, 그렇게 공유하고 있는 한 글자를 빼면 또 신기하게도 '희소한'이라는 말이 되어서 그들은 '희소한 영 자매'라고 말하고 다녔다. 자기들 스스로 그렇게 부르고 싶어 했고 남들이 불러주는 것도 좋아했다. 거기에는 특별하고 생동감 있고 따뜻한 애정이 깃들어 있었으니까.

셋은 같은 수업을 듣고 같은 어학원을 다니고 아르바이트도 함께했지만 그 외에는 비슷한 점이 별로 없었다. 예를 들어 술

자리만 해도 희영은 어디든 가서 만취하고 싶어 했지만 한영은 '적당히'가 좋았고 소영은 '웬만하면' 피하고 싶어 하는 편이었다. 하지만 희영이 좋아했기 때문에 하는 수 없이 셋 다 가서 앉아 있곤 했는데, 한영과 소영은 특히 이런 순간이 오는 것을 경계했다. 술을 마시다 마시다 자정이 넘어서 웬만한 사람들은 다 돌아가고 이제 남은 선배나 동기 들이 의자에 비스듬히 기대어 앉아 사실은 있잖아, 나, 야, 그게 그런 게 아니고, 진짜 아니고 대체 어떻게 된 거냐면, 하면서 날이 밝으면 테이블 위의 강냉이처럼 쉽게 바스라지고 말 어떤 진심에 대해 떠드는 순간. 누구나 듣고 그냥 넘길 만한 그런 이야기들에 희영은 쉽게 속아서 문제를 일으키곤 했다. 그런 말들이 지시하는 누군가의 고독, 누군가의 상처, 누군가의 고난, 누군가의 갈구에 마음을 활짝 열고 연애를 시작해버리는 것이었다. 소영이 보기에는 그런 고독과 허무의 제스처에 익숙한 인간들이란 결국 힘들게 살고 있는 것이 아니라 그것마저 살뜰히 이용해서 잘 먹고 잘 살고 있는 인간들인데도 희영은 기억도 가물가물한 술자리에서 느꼈던 감정의 폭풍을 믿었다.

"사람들에게 애써 특별한 점을 찾으려고 하지 마. 처음에 그렇게 보여도 그거 다 가짜니까."

소영은 희영에게 따끔하게 말하곤 했다.

"눈에 보이는데 어떻게 안 믿어?"

"순간이라고, 안 영원하다고, 어떤 애들한테는 연애도 임시직이라고, 파트타임이라고."

그렇게 둘이 날을 세우면 한영은 가만히 듣다가 정작 나쁜 놈들은 따로 있는데 우리까지 의 상하지는 말자, 하고 상황을 정리했다. 아무튼 그러한 폭풍이 일상을 뒤흔들고 지나가면 희영은 한없이 가라앉아 있다가 그래도 용케 일어나 허물어진 마음을 보수해보곤 했다. 그러는 동안은 당연히 영 자매의 희소한 격려가 필요했고.

하지만 대학 때는 가능하던 그런 관계가 서른이 가까워지면서는 쉽지 않았다. 패턴이라는 것은 관계의 피로를 만들어냈고 여기다 일종의 '사는 문제'가 겹치면서 셋은 전처럼 섞여 들지 못한다는 느낌이었다. 만나면 즐거운 식사를 했고 마음을 터놓고 대화했지만 문득문득 서로의 차이에 대해 생각하게 되었다.

희영이 여전히 임용고시를 준비하고 있는 것과, 소영이 어느 영세한 출판사 편집자로 일하고 있는 것, 한영이 박사 논문을 쓰지 못한 채 한국어 강사로 여러 대학을 전전하며 일하고 있는 것 사이에는 아무런 연관도 없었지만 대화하다 보면 그런 각자의 처지가 끼어들면서 긴 침묵을 만들곤 했다.

다행히 셋은 그런 일이 있더라도 어느 밤 불쑥 만나 한강을 향해 걷는다거나, 대학 시절부터 다녔던 식당을 간다거나, 이제는 찍는 사람도 별로 없는 스티커 사진 부스에서 시간을 보낸다거나 하는 방식으로 갈등을 허물었다. 하지만 그렇게 이 특별하고 희소한 우정을 유지하려 해도 솔직히 늙고 있는 느낌이었다. 사람만 아니라 서로에 대한 마음도 그렇게 시간에 의해 변형된다는 것이 나이가 들수록 실감이 났다.

그래서 마침내 서른 살이 되었을 때 셋은 이름뿐만 아니라 실제 나이에도 '0'자를 달게 된 기념으로 일본 여행을 계획했다. 소영의 생일이 있는 10월에 맞춰서 함께 떠났는데, 그걸 계획했던 여름의 흥분과는 달리 막상 교토에 도착해서는 셋 다 기분이 가라앉아 있었다. 희영은 코앞으로 다가온 시험 때문

에 불안했고 소영은 지난달부터 밀린 월급이 걱정이었다. 한영은 공부 따위 이제 그만할까 생각 중이었다. 아무리 능력 있는 여자 선배들이라도 번번이 교수 임용에 실패하는 걸 보면 기운이 빠졌다. 마른땅 위에서 수영을 하는 기분이었다. 아무리 팔다리를 휘저어도 바다로 나가기는커녕 타박상만 입는 레이스를 하고 있는 것 같았다.

문제가 생긴 건 게스트하우스에서였다. 베드 세 개를 예약했는데 그중 소영의 베드만 다른 호실로 배정된 것이었다. 희영은 직원에게 이럴 수는 없다, 우리는 반드시 같은 방에 자야 한다고 말했는데 그런 희영을 약간 손으로 밀치며 소영이 괜찮다고 했다. 당사자가 괜찮다고 하자 희영만 머쓱하게 되었는데, 나중에 짐을 가지고 올라가면서 희영이 왜 그랬어, 하고 묻자 소영은 그냥 귀찮아서, 라고 대답했다.

"뭐가 귀찮아?"

"스태프랑 이것저것 따지고 물어보고 귀찮잖아."

"하지만 여행이잖아, 함께 왔고."

목소리까지 높여서 서운함을 드러내는 희영과 달리 소영은

어차피 자는 동안은 각자 자는 거잖아, 우리가 뭐 자면서까지 대화하니, 하고 말았다.

짐을 풀고 나서 그들은 교토 시내를 걸었다. 희영은 아기자기한 소품을 파는 숍을 볼 때마다 들어가고 싶어 했지만 소영은 그런 것에 관심이 없었고 서점들에서 시간을 보내고 싶어 했다. 한영은 걷는 것을 좋아하지 않아서 그냥 강변의 카페에서 커피나 마시고 싶어 했지만 희영과 소영 둘 다 그건 싫다고 했다. 여기까지 와서 우리가 왜 이렇게 어긋나나, 이러려고 여행 왔나, 하는 어색한 분위기가 이어지는데 소영이 발이 아프다며 구두를 벗어 들고 건물 벽에 기댔다. 여행을 기념해서 인터넷에서 산 갈색 구두였다. 벗어보니 발뒤꿈치가 발갛게 까져 있었다.

"그러니까 싼 것 좀 그만 사."

희영이 백팩에서 밴드를 꺼내 건네며 말했다.

"그러느니 차라리 참았다가 좋은 물건을 하나 사라고."

구두를 벗고 밴드를 붙이려던 소영이 멈칫하는 것을 한영은 보았다.

"새 신발은 다 원래 그렇잖아. 길이 들어야 해."

한영은 상황을 넘기고 싶기도 했고 사실 처음 신는 신발이라는 게 대개들 그러니까 그렇게 말했는데, 희영은 특별히 기분 나쁜 일이 있었는지 아니면 정말 그렇게 생각하는 건지 안 그래, 하고 말을 잘랐다.

"너네가 몰라서 그렇지, 값나가는 건 안 그래. 싸고 좋은 것이 어딨어. 다 준 돈에 맞는 값을 하는 거야."

"우리 각자 다니고 싶은 데 다니다가 숙소에서 만나자."

소영이 밴드도 붙이지 않고 구두를 도로 신었고 둘을 뒤로하고 성큼성큼 걸어갔다. 그러다 돌아서서 희영에게 오더니 말했다.

"너는 가끔 잊는 것 같아. 너가 되게 운이 좋은 아이라는 것."

"내가 뭐가 운이 좋니? 운이 좋으면 이렇게 몇 년을 임용고시를 못 붙겠어?"

"그러니까 그 못 붙는 상태를 유지할 수 있는 것만으로도 운이 좋다는 거야."

소영은 희영이 참 철이 없다고 생각하면서 거리를 걸었다. 발의 통증이라는 건 마치 화상처럼, 불에 덴 것처럼 화끈거렸다. 걷는 게 이렇게 불 위를 걷는 것 같다면 아무도 걷지 않겠지, 그렇게 멈춰진 세상에서는 아무것도 하지 않고 가만히 있는 사람들이 마치 식물처럼 자라지 않을까, 그러면 좀 조용하지 않을까, 같은 생각을 하면서. 소영은 대학을 졸업하자마자 쉴 틈 없이 일해야 했던 20대의 날들을 떠올려보았다. 그때는 이상하게 뭔가를 유예하고 있는 친구들이 부러웠는데, 그중 상당수는 그래도 어떻게 어떻게 해서 그런 상태를 유지할 수 있는 애들이기 때문이었다.

한동안 걷던 소영은 발이 너무 아파서 그냥 버스를 타고 일본에서 가장 아름다운 서점이라고 알려진 곳을 찾아가기로 했다. 저녁의 퇴근길이라 그런지 정체가 심했다. 비가 내려서 창밖은 보이지 않고 이국까지 와서 느낄 수 있는 건 그저 버스 안을 가득 메운 만원 승객들이 내는 소음, 누구와 전화 통화를 하고 손에 든 비닐봉지를 부스럭거리고 가방을 내려놓았다가 들어보고 어딘가에 부딪치고 동전을 딸랑거려보는 누구나 그

렇게 낼 수밖에 없는 일상의 동작과 소리뿐이었다. 서울과 다를 바 없는 시시한 풍경이었는데 오히려 그래서 소영의 마음은 풀어졌다.

서점은 생각보다 작았고 그렇게 아름다운 인테리어나 장식들도 없었다. 그런데도 사람들 말대로 특별하게 느껴졌는데 가만히 생각해보니 그것은 사람들에게 익숙한 공간을 연상시키기 때문인 것 같았다. 아이비나 벤자민 같은 흔하디흔한 화초들이 여기저기 놓여 있고, 누구네 집 거실에나 있을 듯한 바로크풍 나무 장식장에 책들이 진열되어 있었다. 서점 입구에는 그 옛날 초등학교 교실에서 썼을 법한 키 작은 나무 의자 세 개가 또르르 놓여 있었다.

소영은 나무 의자에 앉아 비 오는 풍경을 구경했다. 그냥 여행이고 뭐고 이렇게 앉아만 있었으면 싶었다. 나무 의자는 소영의 무게를 잘 버티고 있었지만 키가 커서 경중한 다리가 처마 밖으로 나가는 건 어쩔 수 없었다. 여기에 앉아 있으려면 어떻게 자세를 바꿔도 이 비를 피할 도리는 없는 것 같아서 소영은 한동안 그러고 있다가 이윽고 일어섰다. 구두를 벗고 아까

희영이 건넸던 밴드를 꺼내 붙였다. 걸어보니 한결 나았다.

숙소로 돌아와 로비를 지나는데 직원이 소영을 불러세우더니 친구와 함께 지낼 수 있도록 조정했다며 방을 옮겨도 된다고 했다. 소영은 직원이 여러 번 말하는 너의 친구들, 좋은 여행, 괜찮아, 라는 단어를 듣고 있다가 카드키를 받았다. 둘이라도 같이 어디를 다녔으리라 생각했는데, 희영과 한영은 그냥 숙소로 돌아와 2층 침대에 각자 커튼을 치고 누워 있었다. 소영은 자나 싶어서 자기가 왔다는 것도 알리지 않고 옷도 안 갈아입고 침대로 들어가 누웠다.

그리고 아무도 말하지 않는 시간이 흐른 뒤 여행 준비를 위해 셋이 만들어놓았던 채팅방이 울렸다. 우리 규카쓰 먹을까, 그렇게 물은 것은 희영이었고 좋은데, 라고 답한 건 소영이었다. 그리고 야 거기 레알 맛집이라 얼른 뛰어야 해, 우리 이럴 때가 아니라고, 하면서 자리에서 일어나 커튼을 주룩 열어젖힌 건 한영이었다.

그의 에그머핀 2분의 1

신촌의 회사에 들어간 뒤 선미는 1000번 광역버스를 타고 다니며 주로 차 안에서 아침을 해결했다. 빵이나 사과, 달걀 같은 간단한 음식이었다. 빈속이면 언제나 신물이 올라와서 안 먹을 수는 없었다. 그러다 어느 날 아침, 화장실에 가고 싶어 버스 타고 가는 동안을 지옥처럼 보낸 뒤로는 물 한 모금도 마시지 않았다. 대신 출근 시간을 앞당겨 근처에서 뭔가를 사 먹고 들어갔다. 그러자면 6시 30분에 일어나야 했지만 고속도로도 덜 막히고 장운동이 시작하기 전이라 낭패를 볼 일도 없으니 차라리 낫다고 여겼다.

하지만 아침에 일어날 때면 자기 힘으로 무언가를 하고 있다기보다 마치 밭에서 무 같은 것을 뽑아올리듯 자신을 이불 속에서 끄집어낸다는 느낌이었다. 비몽사몽간에 일어나 마을버스를 타고 정류장까지 왔고 광역버스에 몸을 실었다. 컨디션이 얼마나 좋든, 정신을 얼마나 차렸든, 출근 준비가 얼마나 되었든 그렇게 일단 버스에 타 있으면 하루가 어떻게든 시작되는 것이었다. 그러면 버스 기사에게도 운전은 일이니까 어떻게든 고속도로를 달려 서울로 진입하고 몇 개의 정류장을 거쳐 선미를 정확히 신촌에 내려주었다. 내내 졸다가 다행히 본능적으로 잠에서 깬 선미는 휘적휘적 내려 요깃거리를 찾아보는 것이고.

그 시간에 선미가 먹을 수 있는 아침은 한정적이었다. 프랜차이즈 햄버거 가게의 팬케이크, 에그머핀, 해시브라운 같은 조식 메뉴나 전철역 입구에서 노파가 파는 옥수수, 바람떡 아니면 노점 포장마차의 김밥 등이었다. 혹시라도 늦는 날에는 옥수수를 사 들고 갔지만 사무실에서 우적우적 씹어 먹는 것도 신경 쓰이는 일이라 선미는 햄버거 가게의 조식 메뉴와 김밥을 주로 먹었다. 회사로 가기 전, 마지막으로 간신히 혼자 있

고 싶을 때는 햄버거 가게에서 에그머핀 세트를 시켰다. 연이어 이틀만 먹어도 질리는 맛이었지만 그래도 그것을 조금씩 뜯어 먹으며 아직 졸음이 가시지 않은 머릿속을 커피로 깨우며 하는 이런 것들을 좋아했다. 백지에 가까운 다이어리에 특별할 것 없는 일정을 적어보거나 이제는 사이가 소원해진 사람들의 SNS 계정에 들어가 댓글을 남길까 말까 고민해보는 것. 비 구경을 하거나 보도블록 사이로 난 풀잎들에 괜히 시선을 두는 것. 사실상 앞으로 낮 동안 선미가 해야 할 업무들과는 전혀 상관없는 일들이었는데, 왜 그런 무용한 것들을 할 때만 서울에서의 시간을 버틸 수 있을 듯한 기분이 드는지 알 수 없었다.

　김밥을 파는 포장마차는 고층 빌딩 앞 보도에 있었다. 서로를 저기, 이것 봐요, 라고 부르는 부부가 주인이었다. 맛살과 햄 그리고 오이가 아니라 시금치를 넣은 김밥을 팔았고 멸치와 다시마 넣은 국물을 가스버너에 올려놓고 사람들이 떠먹을 수 있게 했다. 김밥집 포장마차가 아침에만 있고 오후에 없어진다는 사실을 안 건 한참 뒤의 일이었다. 회사 사람들과 어울려 구내식당으로 내려가기 싫었던 어느 점심에, 선미는 근처 공원 벤

치에서 혼자 먹을 생각으로 김밥을 사러 갔는데 노점들이 있긴 했지만 모두 떡볶이 같은 분식을 팔고 있었다. 이름표도 달고, 무슨무슨 연합회에서 발급하는 번호도, 일괄로 맞춘 듯한 의자와 테이블도 갖추고 있었다.

처음에 선미는 그 부부가 오전에는 김밥을, 오후에는 떡볶이를 파는구나 싶어서 어느 가게인지 열심히 찾았지만 나중에는 알게 되었다. 떡볶이 노점이 나오는 10시까지만 김밥을 팔 수 있다는 것을. 그 시간이 지나면 도시의 보도에는 또 다른 주인들이 나와 포장을 치고 물을 붓고 끓이며, 고추장 양념을 버무려가며 장사한다는 것을. 김밥집 포장마차보다는 더 안전하고 버젓해 보이는 행렬이 그 무허가의 보도 위에서 그들의 하루를 시작한다는 것을. 결국 김밥은 사지 못했지만 선미는 일정 시간이 지나면 보도에서 사라져야 하는 노점이 어딘가 애틋하다고 생각했다. 나타났다 사라지는 신기루처럼, 펼쳐졌다 접히는 우산처럼.

아침에 김밥을 먹는 사람들 중 상당수는 뒤편 빌딩에 있는 외국어학원의 수강생들이었다. 출근 전에 그렇게 외국어까지

공부하는 사람들이 있다고 생각하면 선미는 어쩐지 자기 자신이 나약하게 느껴졌다. 하지만 그때마다 이보다 어떻게 더? 라는 반발심도 들었다. 6시 반에 마치 청소기 흡입구에 빨려들어가는 먼지들처럼 여기로 이동되어 오는 것도 힘에 부치는데 얼마나 더? 학원 수강생들이 대부분 마흔은 넘었을 것 같은 사람들이라는 사실도 우울했다. 그렇게 끊임없이 무언가를 하지 않으면 직장에서 버틸 수 없다는 사실을 몸소 보여주는 듯했기 때문이었다. 그럴 때는 목이 메었고 청양 고추를 넣은 멸치 국물을 들이켤 수밖에 없었는데 그러면 기분은 더 칼칼해졌다.

포장마차에는 단골손님이 많았다. 가장 자주 마주치는 단골은 뿔테 안경을 쓴 한 남자였다. 그는 넉살이 좋아 주인 부부와 자주 대화했고 가방에 다닥다닥 붙인 와펜도 인상적이었다. 노란 리본도 있었고 오존의 붕괴를 막자는 의미의 귀여운 북극곰 모양도 있었고 '허탈한 밴드'라는 이름이 쓰여 있고 '완전 소중'이라고 붉은 실로 새긴 것도 있었다. 그렇게 다양하게 붙은 와펜들은 지금 그가 관심 두고 있는 세상을 지구본처럼 압축해서 보여주고 있었다. 선미는 그것에 시선을 주면서 자신이

이미 알고 있거나 혹은 미처 알지 못하는 세상의 일면들을 퍼즐을 맞추듯 생각해보곤 했다.

어느 화요일, 선미가 김밥을 먹기 위해 포장마차에 들어갔을 때 뿔테 안경의 남자만 멀뚱하게 서 있었다. 국은 끓고 김밥은 몇 줄이 쌓여 있는데 주인이 없었다. 선미와 눈이 마주치자 그는 주인이 무슨 급한 일이 있는지 자기에게 잠깐만 맡아달라 부탁하고 갔다고 했다. 돈을 넣어두는 함까지 두고 갔는데 어쩌나 싶어서 30분째 기다리고 있다고.

"회사는 안 급하시고요?"

선미가 딱히 할 말이 없어서 물었다.

"괜찮죠, 아직은."

그가 선선히 고개를 끄덕였다. 선미는 그냥 나가도 되나, 아니면 무슨 일인지 알아볼 겸 기다려야 하나 고민했다. 자기도 한 계절 동안 오가며 단골이라면 단골이 되었으니까. 물론 주인이 선미에게 부탁하지도 않았지만 그렇게 휙 나가기에는 뭔가 매정하지 않나 싶었다. 그리고 배가 고팠다. 다시 햄버거 가게까지 걸어가자니 회사와 반대 방향이고 전철역 옥수수는 먹

고 싶지 않았다. 선미가 망설이는데 남자가 그 마음을 알았는지 어차피 팔려고 내놓은 건데 드세요, 하고 나무 도마에 차곡차곡 올려진 김밥을 가리켰다. 먹다 보면 주인이 오고 돈을 주면 되겠지 싶어서 한 줄을 포일로 쌌다.

"안 썰어도 됩니까? 저는 아까 썰어서 먹었어요."

"그냥 온 걸 먹는 걸 더 좋아해요."

"김밥 맛 제대로 아시네요. 그게 제대로죠."

선미는 사실 주인도 없는 주방—멸치 국물을 끓이는 버너를 경계로 반대편을 그렇게 부른다면—에 들어갈 수가 없어서 그랬지만 안 썬 김밥이 맛있는 건 사실이었다. 입이 얼마나 김밥을 베어 물지 알 수 없으니까. 단무지를 많이 먹으면 짠맛이 분명하고 달걀을 먹으면 고소함이, 그리고 더 이상 빼먹을 햄이 없을 때 김밥은 슴슴해진다. 그렇게 예상할 수 없고 원하는 대로도 잘 안 되는 것의 맛. 선미가 김밥을 입에 넣으려니까 그가 잠깐만요, 하더니 솔로 기름을 재빨리 발라주었다.

"이래야 제대로죠. 들기름 참기름 반반 해서 씁니다, 이 집은."

선미는 그가 붙임성이 좋은 건가, 자기에게 과도한 친절을 베푸는 건가 잠깐 고민했다. 아무튼 기름을 바르자 김밥이 더 매끄럽게 씹히긴 했다. 그때 포장을 걷고 역시 여러 번 본 적이 있는 파란 백팩을 멘 중년 남자가 들어왔다. 남자는 늘 급하게 어디를 가야 하는 사람처럼 입구에 발을 반쯤 걸친 채로 먹는 게 특징이었는데, 오늘도 마찬가지였다. 이제 아예 주방으로 넘어간 남자가 드려요, 김밥? 하고 묻자 그러라고 하면서 초조하게 손을 맞비볐고 포장 밖을 힐끔 살폈다. 그러다 남자가 김밥을 꺼내서 기름을 바르려고 하자 손을 흔들어 제지했다.

"아니, 아니, 하지 마요, 하지 마."

"안 발라도 되나요?"

"기름은 느끼하고 입에 묻고 딱 질색이야, 나는."

그는 김밥 맛 제대로 아시네요, 하면서 칼로 김밥을 착착 썰고는 나무젓가락과 함께 내밀었다. 선미는 저 남잔 무슨 황희 정승도 아니고 기름을 발라도 옳다, 바르지 않아도 옳다, 하는 걸까 생각했다. 남자는 혹시 영업이나 서비스직에 있는 사람이 아닐까. 진심은 드러낼 수 없고 늘 상대 기분을 적당히 맞춰주

어야 하는. 파란 백팩의 남자는 뭐 그리 신경 쓰이는 것이 있는지 김밥을 입에 넣으면서도 천막을 걷어 한 번씩 밖을 바라봤다.

"세상이 완전 엉망이야. 거 좀 그렇죠?"

"왜요? 밖에 뭐가 있어요?"

남자가 포장을 걷었고 선미도 따라서 밖을 봤는데 거기에는 평소와 다를 것 없는 8시 30분의 세상, 분주하고 빠르며 소란한 아침의 일상이었다. 특별히 엉망일 것도 나빠 보이는 것도 없었다.

"아니, 요즘 세상이 엉망이잖아요. 다들 제 욕심에 빠져서는 도무지 말이 되는 말을 해야지요. 그건 말이 아니라 짖는 거 아니냐고요. 한마디로 개소리지. 어떻게 그런 말을 하느냐고요."

선미는 남자의 말이 딱히 틀렸다 싶을 것도 없는, 그 나이 대 남자들이 으레 바지주머니에 손을 집어넣고 하는 평범한 일갈이었지만 남자의 입술에 자꾸 달라붙는 마른 김처럼 불편하다고 생각했다.

"그렇죠, 선생님. 아주 창피할 말들을 뻔뻔하게 잘도 쏟아내죠."

남자는 행주로 도마를 한번 훔치면서 동의했다. 휴대전화를 눌러서 시간을 확인한 선미가 이제 정말 나가야겠다 생각했을 즈음, 주인 여자가 천막 안으로 뛰어 들어왔다. 물건을 사러 자전거를 타고 나갔던 남편이 다쳐서 다녀오는 길이라고 숨을 몰아쉬며 설명했다. 남자가 괜찮냐고 묻자 고개를 끄덕였다.

"안 괜찮으면 어쩔 거야. 이미 일어난걸."

여자는 말끝에 희미하게 웃었다.

"그거 당장은 안 아파도 병원 가야 돼. 자동차에 부딪친 거예요?"

파란 백팩이 관심을 보이며 물었다.

"자동차랑 부딪칠까 봐 놀라서 제 풀에 넘어졌어요."

"보험회사에 연락해야지, 그래도. 쌍방이 과실인데."

파란 백팩이 열의를 보이며 포장마차 안으로 발을 완전히 들여놓았다.

"연락처는 받아야지. 어디서 그랬는데? 횡단보도 아녜요?"

"횡단보도긴 한데요, 부딪친 것도 아니고."

파란 백팩은 승용차가 무슨 종류인지, 혹시 외제차는 아니

었는지, 정말 차가 횡단보도의 흰 선을 하나도 밟지 않았는지 연이어 캐물었다. 그러다 목이 메는지 국물을 마셨고 뜨거운지 어푸어푸 하다가 냅킨으로 입을 닦으며 확실히 해야 해요, 계산이 다르다니까, 하고 열을 올렸다. 주인 여자는 전기밥솥에서 밥을 퍼다가 식초를 치면서 밑간을 했다.

"그래도 부딪히지도 않은 걸 부딪혔다 할 수는 없는 거잖아요. 아무리 내가 넘어졌다고 해도 아닌 건 아니잖아요."

여자가 심드렁하자 파란 백팩은 더 말하지 않고 2000원을 내고는 여전히 뭔가를 살피는 동작으로 밖으로 나갔다.

뿔테 안경의 남자가 가방을 메자 여자는 김밥 두 줄을 썰어서 건넸다. 김밥은 이미 충분히 먹었을 텐데 뭘 하러 더 주나 싶었는데, 점심에 도서관 가서 드세요, 하는 말을 덧붙였다. 선미는 그제야 남자가 회사에 가는 길이 아니라는 것을 깨달았다.

"사장님은 괜찮으시겠죠?"

"한동안 장사 쉴지도 몰라요. 리어카를 여기까지 끌어다주어야 하는데 아무래도 그 다리로는 힘들 테니까."

"큰일이네요."

"큰일일 것도 없어요. 쉬게 되면 쉬어야죠."

남자와 선미는 포장마차를 나와 어느새 대낮처럼 훤해진 거리를 걸었다. 함께 걷기에도, 모른 척하기에도 어색해서 다친 사람이 걱정된다는 말과, 그래도 부인의 반응을 보면 큰일은 아닐 거라는 말을 주고받았다. 마지막 대화는 역시 김밥 맛에 관한 것이었다. 남자는 버릇처럼 "제대로죠, 아주 제대로예요"라고 했고 선미는 이번에는 그것이 기름을 바르거나 바르지 않은 것, 썰거나 혹은 전혀 썰지 않은 그 모든 것을 가리킨다는 사실을 알았다.

주인 여자가 말한 대로 며칠 노점은 보이지 않았다. 그것이 없는 아침의 공간은 그냥 행인이 밟고 지나가는 마름모꼴 보도블록의 세상, 열릴 것도 접힐 것도 없는 풍경이었다. 선미는 할 수 없이 햄버거 가게에서 에그머핀을 사 먹을 수밖에 없었는데, 테이블 하나를 혼자 다 차지하고 앉아 있는 며칠이 반복되자 맛없는 머핀도 머핀이지만 무언가 질린다는 느낌이었다. 어느 날은 마찬가지로 아침을 해결하지 못한 그때 그 뿔테 안경

의 남자를 햄버거 가게에서 마주쳤다. 선미가 알아보고 인사하려는데 남자는 선미를 그대로 스쳐 지나가 주문판을 오래 올려다보고는 에그머핀을 주문했다. 그리고 다른 테이블에서 선미처럼 휴대전화를 만지작거리면서 머핀을 먹었다.

남자의 와펜은 그간 더 늘어났지만 무엇이 원래 있었고 새롭게 생겼는지는 구분할 수 없었다. 남자는 주인이 없던 포장마차에서와는 다르게 무표정했고 맛이 없는지 에그머핀을 반 정도 먹다가 내려놓았다. 어떤 날에는 모든 것이 괜찮고 제대로인 듯하지만 어떤 날에는 반만 그렇고 또 어느 순간에는 불행히도 전혀 그렇지 않은 것. 그것이 그의 흔한 아침인 걸까. 선미도 에그머핀을 다 먹지는 못하고 남자처럼 반을 남겼다. 그리고 여전히 연락이 닿지 않고 아마 앞으로도 그럴 사람들의 화사한 일상을 SNS로 지켜보았다. 이 도시의 어딘가에서 시작되고 있는 그들의 아침이 이 작고 완전한 프레임의 사진들처럼 온전할지, 그러니까 제대로일지, 혹시 잘려나간 어느 편에서는 울고 나서 맞는 아침은 아닐지 생각하면서.

야간행

미란에게서 전화가 걸려온 건 마지막 전철을 막 탔을 때였다. 마스크를 하고 있었고 전철은 만원이라서 전화 받기는 곤란했다. 하지만 미란은 전화를 받지 않으면 받을 때까지 아주 뚝심 있게 집요하게 때로는 무서울 정도로 계속하는 애니까 받지 않을 수 없었다. 미란은 막무가내인 면이 있으니까. 나는 미란을 사랑하니까. 하지만 전화를 받자면 마스크를 벗어야 하고 마스크를 벗으면 기침은 어떻게 하나. 발열이 없는 기침, 평택 성모병원이나 강남삼성병원에는 가본 적 없는 기침, 동네 이비인후과에서 일반적인 감기입니다, 한 기침, 본인부담금 3500원

의 알약을 하루 세 번 내복해야 하는 기침. 하지만 기침은 이상한 힘을 가지고 있었다.

오늘 복도에 서서 기침을 하자 어느 부서인지는 몰라도 상사임이 분명한 대머리가—왜 대체로 상사들은 대머리일까. 우리 아버지는 머리숱이 많아서 상사가 되지 못했을까. 그렇다면 내 미래에도 희망은 없어, 나는 아주 많거든, 무성하거든—지나가다 말고 굳이 뒤돌아 자네, 하고 불렀다.

자네, 병원에는 가봤나? 가봤어요, 아니, 가봤습니다. 뭐라던가? 감기래요. 뭐라고? 자네 말을 좀 **크게** 하라구. 감기라고 들었습니다. 그냥 특별한 게 아니라요. 확실해? 의사가 그러던데요. 뭐라고? 아니, 소리가 왜 이리 작아. 나는 내 목소리가 작아서 그런 것이 아니라 거리가 있어 그런가 하고 더 가까이 걸어갔는데. **오지 말게!** 네? 오지 말라고 이 친구야. 자네 어디던가? 경영지원팀이던가? 기획홍보팀입니다. 어디라고? 기획홍보팀입니다. 기획홍보팀에 자네 같은 사람이 있었던가? 나 누군지 알지? 나 이산데—아, 이사였구나—김 이산데 자네는 뭔가 좀 이상하게 기억에 많이 없는데. 보충됐습니다. 뭐라고? 출산휴가로

보충된 직원입니다. 아, 그래? 난 또 우리 회사에 내가 모르는 직원이 다 있나 했는데 직원이 아니었구나. 언제까지 있나? 9월까지요. 언제라구? 9월까지입니다. 좋은 때구먼. 네? 하반기 공채가 있을 때니까 여기서 나가도 구직하기 좋을 때잖아. 열심히 해. 네. 마스크는 꼭 쓰고. 네.

복도에서 내 자리로 돌아오니까 대리가 회전의자에서 탁 일어나서 물었다. 무슨 일이야? 네? 이사님이랑 무슨 얘기 했냐고? 아무것도. 길게 얘기하던데 아무것도 아니야? 그냥 기침이. 기침이 뭐? 좋을 때라고요. 여기서 나가도. 나가래? 여기서 나가래? 어떡해? 왜, 기침 때문에? 아니요, 계약 종료되고 나가는 게 9월이라 딴 직장 알아보기 좋겠다고. 아아, 대리는 정말 아무것도 아니었구나 하는, 안심했달까 흥미가 떨어졌달까 하는 표정을 하다가 준태 씨, 오늘 셔츠 멋있다, 했다. 어떻게 그렇게 비치블루가 잘 어울려? 젊음이 좋다, 멋있다.

그렇게 해서 나는 내가 꽤 운이 좋다는 것을 알게 되었다. 기침 덕분에. 평사원들은 말 한마디 나누기 어렵다는 김 이사와 대화도 나눠보고 그 자리에서 가을 실직은 일도 아니게 다행이

라는 것도 알게 되고 내가 젊다는 것도 알게 됐어. 비치블루, 그 냥 블루도 얼마나 매혹적인데 거기에 비치가 붙었어. 바람이 불어와 태양이 떨어져 백사장이 고와, 너무 고와서 미란이의 귓불 처럼. 가보지는 않았지만 남태평양 섬에서 온 블루지, 나는 비치 블루, 젊어서 좋고 다시 구직할 수 있어 좋은 블루칼라야.

미란에게 전화가 계속 왔지만 마스크를 벗을 수는 없었다. 아침에도 전철에 있을 때 미란이가 전화를 걸어와서 마스크를 벗고 통화하다가 마스크를 좀 써요, 라고 통로 건너편의 여자 가 말했으니까. 그러고 보니까 내 옆자리는 비어 있었고 내 앞 자리에도 아무도 서 있지 않았다. 부채꼴 모양으로 비어 있었 다. 덕분에 다리도 마음껏 펼 수 있었는데 그러면 그것도 나쁘 지 않은 일이었다. 기침 때문에 귀찮기는 해도 뭔가 숨통이 트 이는 기분이기는 했다. 지금도 그럴까, 그러면 그것도 좋겠는데 지금은 배가 눌려서, 앞사람이 멘 배낭에 배가 눌려서 나올 것 같았다. 무언가. 기침은 물론이고 신음이라든가 욕이라든가 어 떤 문장, 자네, 라든가, 난 또, 라든가, 좋다, 라든가, 아 존나, 라 든가 아 염병, 이라든가.

"여보세요?"

"오늘 내가 정은이를 만났거든. 걔가 미국에 간다고 해서 만났잖아. 만나서 저번에 좀 안 좋게 헤어진 거에 대해서 말하려고 하니까 얘가 딱 잡아떼는 거야. 아니, 안 그랬는데, 요러는 거야."

"케흘럭케흘럭케흘럭……."

"뭐야, 듣고 있어?"

"음으음."

"그래서 야, 아니긴 뭐가 아니야? 그때 구철이 오빠도 들었고 나도 들었어. 이제 와서 기억이 안 난대. 기억이 안 난다고? 넌 입만 열면 거짓말을 해? 너 그딴 얘기 계속 떠들고 다녀봐라, 아주 귀싸대기 날아갈 테니까, 하는데 야, 왜 그렇게 말해, 하면서 샐샐 웃는거야."

"쿠흘럭쿠흘럭쿠흘럭……."

"아, 넌 또 뭐야. 기침만 해. 내 얘기 듣고 있어?"

"큼큼, 응응, 얘기해, 말해."

"안 해, 안 하고 싶어졌어. 남은 열 받아서 그런데 뭐야 듣지

도 않고.”

“기, 기침이 나서.”

“기침이 나면 좀 가리고 하지. 더럽게.”

“뭐가 더러워 워워워워 콜록콜록콜록 전, 전화긴데.”

“전화기라도 더러울 수 있잖아. 더러운 소리라는 게 있잖아.
아, 진짜 다들 나한테 왜 이래.”

전화가 확 끊겼다. 그렇게 기침을 하는데도 아침과 달리 주
변 사람들이 홍해처럼 갈라지는 기적은 일어나지 않았다. 아
니, 그런 기적도 여유가 있어야 일어나는 것이다. 서로의 팔다
리가 이렇게 엉켜서 뺨과 뺨이 다정하지 않아도 맞닿아서 간신
히 전철의 천장이나 광고용 화면을 보면서 시선을 비끼면서 견
디면서 우리는 이동하고 있는데 기침이 나와도 낙타의 나라에
서 왔다는 염병에 걸릴지 모른다고 해도 두려워도 겁이 나도
엄마 어떡해? 숨고 싶어도 자제하고 싶어도 폐쇄하고 싶어도
그럴 수가 없는데, 이동해야 하는데.

나는 내 뒤에 선 누군가의 넓고 두툼한 등에 나도 모르게 기
대서 어떻게 하든지 기침을 참아보려 하면서 좀 몽롱하게 야

간의 전철을 타고 가고 있었다. 가다가 부천에 들러서 미란이를 풀어주어야 할까, 잠깐씩 생각하면서. 오늘은 운이 좋은 날이니까 미란이는 금세 화를 풀지도 모른다. 기분이 좀 나아지면 비치블루에 대해서 이야기해줘야지, 언젠가는 남태평양에 가서 그 쾌청하게 맑은 블루를 함께 보자고. 너는 탱크톱에 슬랙스를 입어, 그러면 바람이 그 얇은 천의 바지를 다다다다다 흔들면서 우리는 사랑을 하지. 사랑을 하면 열이 나잖아, 뜨거워지잖아, 아주 아픈 사람처럼 우리 둘 다 그렇게 되잖아. 그런데 왜인지 그 블루는 생각만큼은 멋질 것 같지 않아. 그냥 고요할 것 같아, 무섭게 적요할 것 같아, 움직이지 않을 것 같아, 오지 않을 것 같아, 파도라는 건 밀려와서 다시 밀려나가야 하는데 오지도 않고 가지도 않고 그냥 좀 떨어진 채 서서 자넨 누군가? 할 것 같아, 그런 건 다 가짜 같고 그냥 지금 하는 기침만 진짜 같고 정말 다 거짓말 같고 어쩌면 일반적인 감기입니다, 하는 말도 거짓일까 그러면 좀 특별해지는 것이지만 나는 움직이지 않아도 전철은 어딘가의 밤을 향해 가고 역곡을 지났으니 부천은 금방이고 거기에는 다행히 미란이가 있었다.

파리 살롱

　식당은 정말 파리를 옮겨 온 것 같았다. 3년 전 파리에 갔을 때 윤은 두 가지에 놀랐는데 일단 생각보다 춥다는 것과 건물들이 낡았다는 것이었다. 구시가지에만 머물러서 그랬는지 모르겠지만. 그런데 식당은 '파리 살롱'이라는 이름에 걸맞게 두 가지를 다 가지고 있었다. 경은 오지 않았고 전화해보니 이제 전철을 탔다고 했다. 그러면 적어도 한 시간은 걸리지 않을까. 주문하지 않고 버티기에는 너무 긴 시간이어서 차를 시킬까 했지만 이미 회사에서 두 잔이나 마셨기 때문에 윤은 맥주를 주문했다. 그러면서 "대체 왜 이렇게 추워요?" 하고 물었다. 서빙

을 하는 청년이 "추워요? 지금이?" 하며 되물었다.

"그럼요, 춥잖아요. 손이 이렇게 곱고. 난방은 하시는 거예요?"

"당연하죠. 이런 날씨에 난방을 안 하면 어떻게 장사를 해요?"

청년은 불쾌한 기색은 없이 그러나 단호하게 말했다. 그렇지, 아무리 2월이라도 추위가 만만치 않은데 난방도 없이 문을 열어서 손님을 오게 하면 어긋나지, 도의적으로도, 윤은 그렇게 수긍했다. 그건 유통기한 지난 식자재로 장사하는 것이나 마찬가지다. 아니, 오히려 더한 비윤리다. 그런 음식을 모르고 삼키면 몸 안의 왕성한 면역력을 통해 균을 이겨낼 확률도 있지만 추위는 내내 느낄 수밖에 없으니까. 확실하고 생생하게.

윤은 너무 추워서 등을 제대로 펴지 못했고 손가락과 발가락의 움직임이 불편하다고 생각했다. 긴장되고 불안하고 에너지 손실을 최소화하기 위해서인지 뇌의 기능도 떨어져 무언가를 골똘히 생각할 수가 없다. 이를테면 경은 약속 시간을 왜 말도 없이 어겨버리는 건가. 우리는 다투고 나서 보름 만에 만나

는 것이 아닌가. 윤은 경이 그렇게 구는 것이 옳은가 나쁜가 부당한가 따지다가 피곤해져서 춥구나, 하면서 휴대전화로 트위터만 들여다봤다. 거기에는 이 도시 어딘가에서 7시 반을 보내고 있는 사람들이 쏟아내는 온갖 푸념과 야유와 냉소와 분노와 드물게는 기쁨 같은 것들이 차곡차곡 쌓이고 있었다.

맥주는 좋지 않은 선택이었다. 배고픈 상태에서 그 찬 것을 홀짝거리다 보니 아랫배가 부글거렸고 그것은 마치 누가 배 속을 마구 헤집는 듯한 느낌이어서 윤은 하는 수 없이 화장실을 갈 수밖에 없었다. 화장실이 어디 있느냐고 묻자 청년은 따라오라고 했다. 보통은 건물 밖으로 나가서 어느 쪽으로 돌면 있어요, 하고 말하지 않나 싶었지만 굳이 그런 친절을 베푼다는데 거절할 이유는 없었다. 청년은 유리문을 밀고 나가 건물을 반 바퀴 돌아서 건물과 건물 사이에 있는 좁은 계단으로 올라갔다. 만약 술에 취한다면 낙상하기 좋은 높이였다. 그리고 거기에 화장실이 있었다. 약간 푸른빛이 도는 조명이라서 화장실은 냉랭하고 과장하자면 비정한 느낌이었다.

그러자 파리의 유료 화장실에 앉아서 사용료를 받던 붉은

체크무늬 숄의 여자가 생각났다. 여자는 세면대 앞에서 50센트를 받았는데 지폐를 내는 사람에게는 단호히 안 돼, 관광지여서 그랬는지 영어로 노, 라고 거부 의사를 분명히 했다. 그 앞에 동전이 수북이 쌓여 있어서 마음만 먹으면 거슬러 줄 수 있을 것 같은데 여자는 노, 라고 자기가 그런 수고를 들여서 너를 도울 생각이 없다는 점을 분명히 했다. 여자는 위엄 있어 보였다. 고풍스러운 궁전 정원의 화장실이라서 그랬는지는 모른다. 유료 공중화장실이 뭐 그렇게 격조 있는 장소는 아니지만. 하지만 그곳은 파리이고 여기는 이름만 빌려 온, 이를테면 가짜 파리 살롱일 뿐이라고 윤은 생각했다. 게다가 자기는 혼자라고, 화장실인데 혼자가 아니면 그것도 이상하지만 약속 시간을 어기고도 먼저 연락조차 하지 않은 경을 기다려야 한다고.

식당으로 돌아왔을 때는 문자메시지가 와 있었다. 경이었다. 몸이 좋지 않아서 집으로 곧장 들어가야 할 것 같다는 내용이었다. 전화를 했더니 경이 힘없는 목소리로 받았다.

"그래도 와야 하지 않아?"

"피곤해. 꼭 만나야겠니?"

"우리 못한 얘기도 있잖아. 그리고 나 배고파. 정말 엄청나게 배가 고프다구."

경은 "네가 원한다면 갈게" 하고 전화를 끊었다. 맥주를 다 마셔버린 윤은 다시 메뉴판을 열었다. 거기에는 계획대로라면 이미 한 시간 전에 윤과 경이 먹었어야 할 파리의 요리들이 프랑스인 사장의 손글씨로 적혀 있었다. 버섯과 토마토, 양파, 마멀레이드를 넣은 부르스게타, 와인과 토마토로 졸인 뵈프부르기뇽, 콩 스튜인 카술레, 가지와 호박 치즈구이 그리고 프랑스식 채소 스튜인 라타투이 같은 메뉴들이. 하지만 윤은 다시 잔술로 된 와인을 시켰다. 청년이 주문을 받아가면서 "머플러가 바닥에 떨어졌어요" 하고 알려주었다.

윤이 파리 살롱에 온 데에는 이유가 있었다. 프랑스인 사장이 파리에서 직접 사용했던 온갖 낡은 물건들과 대대손손 찍은 흑백의 가족사진들과 책들과 프랑스풍 자수로 된 테이블보가 덮여 있는 이곳이 윤과 경이 떠났던 파리 여행을 떠올리게 할지도 모른다고 생각했다. 그때 둘은 연애를 시작한 지 8개월 남짓 된 무렵이었고 그들의 감정은 반짝였다. 마치 밤이면 더

욱 빛나는 에펠탑처럼.

둘은 그 탑을 한 번은 몽파르나스 빌딩에서 보고, 한 번은 직접 올라갔다. 그날도 이렇게 추적추적 비가 왔다. 폐장 무렵이어서 탑에는 사람이 얼마 없었다. 승강기를 타고 내려오는데 중간층에서 피로연을 하던 웨딩드레스의 여자가 파트너 손을 잡고 뛰어들어온 장면이 기억났다. 그것은 아주 낭만적으로 보였고 때마침 경이 "우리도 결혼할까" 하고 속삭였으므로 윤은 파리의 추위가 더 이상 느껴지지 않았다.

속이 여전히 좋지 않아서 윤은 다시 화장실을 다녀왔다. 오는 길에 빗방울을 맞았다. 윤은 자기는 이렇게 추운데 대기는 아직 빙점 아래로 온도가 떨어지지 않아서 눈이 아니라 비가 오는 게 이상했다. 이렇게 추운데. 하지만 비라서 다행이었다. 눈이 오면 경은 다시 그걸 핑계로 오지 않을 것 같았다. 그렇게 작은 상황의 변화로도 이제 약속은 없는 일이 될 수 있었다. 시드는 감정이란 그렇게 슬픈 것이었다.

테이블로 돌아왔을 때는 윤이 주문하지 않은 식전빵이 놓여 있었다. 잘못 나온 건가 싶었지만 식당 손님은 윤 하나였고

청년이 탄산수 박스를 옮기며 "배고프실 것 같아서요" 했으므로 윤은 그게 자기에게 제공된 서비스라는 것을 알았다. 윤은 정말 허기가 졌기 때문에 그 빵을 조금씩 뜯어 먹었다. 그러면서 홀짝홀짝 와인을 마셨고 아까보다는 덜하지만 여전히 춥지 않나 하는 생각을 했다. 정말 히터가 틀어져 있는 걸까, 아니면 식당이 오래된 건물이라서 히터가 아니라 라디에이터로 공기를 은근히 데우는 걸까. 경은 여전히 오지 않았고 전화도 받지 않았다. 윤은 "오지 않는구나" 하는 문자메시지를 남기려다가 그냥 전화기를 내려놓았다.

그리고 테이블의 격자무늬를 손으로 따라 그리며 생각에 빠져 있던 윤은 메뉴판을 펼쳤고 그중 가장 따뜻한 음식, 너무 따뜻해서 지금 자신에게 찾아드는 분명한 상실의 신호에도 마음이 풍랑을 타지 않고 버틸 수 있는 음식을 찾아보기 시작했다. 메뉴를 설명하는 건조한 설명들, 치즈와, 굽고, 튀겨서, 만든, 2만 3000원, 프티petit 사이즈 같은 단어들이 뭐가 그리 아픈 말들인지 눈앞이 흐려져서 윤은 여러 번 냅킨을 쥐었다 풀었다. 그리고 바게트 조각이 들어간 양파 수프를 주문했다.

청년은 푸른색 볼을 가져와 윤 앞에 놓았다. 특별히 아주 뜨겁게 만들었다고 덧붙였다. 그 시큼하고 고소한, 그리고 따뜻한 양파 수프를 윤은 한 스푼 한 스푼 떠먹었다. 어쩌면 처음부터 이렇게 수프부터 시작해서 메인디시, 사이드디시, 디저트까지 차례차례 식사를 했다면 좋았으리라 생각하면서. 파리 살롱을 다시 찾을 것 같지는 않지만 앞으로도 어딘가에서 불현듯 추위를 느끼고 혼자임이 실감된다면 어디든 가장 가까운 곳에 들어가 누구도 기다리지 않고 따뜻한 것, 아주 따뜻한 것을 먹겠다고.

수프를 다 먹은 윤이 식당을 나서는데 청년이 미안한 듯 쭈뼛대며 알고 보니 히터가 제대로 작동되지 않고 있었다고, 그래서 추웠던 것 같다고 사과했다. 그러자 윤은 자기가 느끼고 있던 추위, 차가움이 착각이 아니라 실제였구나 싶었다.

"괜찮아요."

"죄송합니다. 수리를 했는데 또 그러네요."

"괜찮아요, 정말."

식당을 나서는데 전화가 울렸고 경이었다. 윤은 전화를 받을

까 말까 하면서 다시 파리에서 만났던 그 여자를 떠올렸다. 파리에서 가장 파리답지 않은 곳에 앉아서도 당당하게 노, 를 외치던 파리지앵인 그녀를.

우리가 헤이, 라고 부를 때

　윤석 선배는 이를테면 이런 사람이었다. 글을 쓴다고 한다면 써야 하는 이유와 목적에 대해 지루하게 설명하다가 결국 본론에는 이르지도 못하는 사람, 이제 달리기를 해야 하는데 출발선 앞에서 운동화 끈을 꼼꼼하게 매다가 탕 하는 출발 소리를 듣지 못하는 사람, 전주가 긴 노래를 선택해 지루해진 부장이 야 그거 끄고 다음으로 돌려, 하는 바람에 마이크로 한 소절 부르지도 못하는 사람. 선배의 모든 것은 너무 늦거나 아니면 이른 지점에만 머물렀다.

　그래서 어느 저녁 선배가 회사 앞으로 찾아와 연애가 끝났

어, 하고 허탈해할 때 나는 타이밍이 안 맞았겠지, 라고 위로했다. 선배는 자기의 끝난 연애에 대해 회상하기 시작했는데 내가 그 여자를 모르는 게 아니고 심지어 친구들과 만난 어느 자리에서 보기까지 했는데도 묘사가 너무 촘촘했다. 자정 무렵헤어짐을 통보받았다면서 그날의 아침 전체 회의부터 이야기를 시작하고 있었다. 회의 자리에서 이런저런 불운한 뉴스들을 들었는데 어쩌면 자정의 실연에 대한 일종의 복선이 아니었을까부터 시작해서 점심에 복국을 먹으러 갔는데 수조에 복어들이 불길하게 죽어 있었고 오후쯤에는 그녀가 자신의 SNS에 우리는 완전한 타인이다, 라는 말과 함께 셀피를 올렸으며 그러자 자기 마음이 얼마나 무참해지기 시작했는지. 그건 말 그대로 사족으로만 이루어진 길고 긴 사연이어서 나는 "그러니까 권태기를 못 이겨서 둘이 헤어졌다는 거지?" 하고 정리하고 말았다. 선배는 "그렇게 간단하지는 않은데" 하며 아쉬운 표정을 지으면서도 고개를 끄덕였다.

선배가 찾아온 날이 타이밍이 좋지 않았던 건 사실이다. 나도 막 연애를 정리한 터기 때문에. 매사에 너만 힘드냐, 나도

너만큼은 힘들다 하는 식이라서 선배가 늘어놓는 구구절절한 사연이 마음에 착 감기지 않고 마치 탱탱볼의 표면처럼 튕겨 나갔다.

"선배, 그 애인한테 돈 꿔줬어요?"

"돈? 돈, 아니."

"선배 나는 400이나 빌려준 애인한테 돈도 못 받고 헤어졌다고요."

"경이야, 너, 400이나 있었어? 언제 모았니? 400을?"

"아씨, 선배, 요즘 같은 세상에 400이 있어야 빌려줘요? 신용 대출이란 게 있잖아요. 카드 회사나 은행에서 야 너 믿을 만하다, 너 믿는다 해서 한 400은 어떻게 어떻게 빌려주고 나는 그 돈을 또 그 남자한테 너 믿는다, 완전한 트러스트, 믿어, 믿는다 했다가 뜯기기도 하고 그러는 거잖아요. 지금 나 놀려요?"

이별한 지 보름밖에 되지 않은 연애의 상처는 고슴도치처럼 꼿꼿한 감정의 가시를 세우고 있어서 나는 흥분 상태였다. 선배는 내가 화를 내자 기분이 상했는지 농담을 하려고 했을 뿐이야, 라고 변명했다. 나는 그렇다면 이번에도 타이밍이 안 맞

왔어요, 하고는 눈앞에 있는 하이볼을 벌컥 마시고 일어섰다. 그래도 오랜 연애를 정리했다고 저렇게 풀이 죽었는데 싶어서 술값을 내려고 하자 선배가 자기 신용카드를 먼저 점원에게 내밀었다. 이번에는 괜찮은 타이밍이었다.

우리는 밤의 적막을 안전하게 뒤집어쓰고 있는 주택가를 걸어서 대로변으로 나왔다. 선배는 취했는지 걷는 동안 자꾸 보도블록 밖으로 발을 헛디뎠는데 그러면서도 휴대전화를 계속 확인해보고 있었다. 그럴 때마다 화면이 켜져서 선배의 손안이 환해졌다가 다시 어두워졌다. 그렇게 휴대전화에 매달리는 것은 이별 후 최근 일주일 동안 내가 가장 자주 했던 행동이다.

"선배, 하지 마요, 하지 마."

"내가 뭘?"

"전화해서 자니? 잘 지내? 이런 거 하지 말란 말이에요. 타이밍이 전혀 아니라고요."

"그러면 어떻게 되는 거야? 대체 사랑은 어떻게 되는 거냐고? 그 시간은 어떻게 되는 거냐고?"

어떻게 되긴 어떻게 돼, 다 끝났지. 끝이 나면 그냥 끝이 난

것 아닌가. 쓱 썰어낸 무처럼 관계는 동강 나고 이제 내가 감당해야 할 상처들만 덩그러니 남아 있는 것이라고, 나는 그렇게 생각했지만 입 밖으로 꺼내지는 않았다. 밤길은 조용했다. 지나가는 자동차들 소리가 청량하고 반갑게 느껴질 만큼. 도시에는 너무 많은 것이 있어서 괴로운데 또 막상 한적해지면 그렇게 비어가는 공간이 쓸쓸함으로 채워져서 문제였다.

선배는 자기가 너무 궁상을 떨었다 싶었는지 다른 대화할까, 하고는 대학 시절 이야기를 꺼냈다. 교수들 안부에서 출발해 동기들 근황 그리고 최근에 도서관이 다시 지어졌다는 지엽적인 정보까지. 나는 선배가 또 무슨 말을 하고 싶어서 사족이 긴가 싶었는데 결국 얼마 전 출판사 일로 김 강사를 만났다고 본론을 이야기했다. 김 강사는 모교 출신 대학 강사였는데 학교 재단측에 밉보여 강단에서 쫓겨나다시피 했다. 재단이 김 강사를 마뜩잖아 한 건 그즈음 정권을 비판하는 글을 신문에 썼기 때문이었다. 그는 확실히 열정의 비판적 지식인이었지만 뭔가 충동적이고 감정적인 사람처럼 느껴지기도 했다. 심지어 우리와 토론 수업을 하다가 분노를 이기지 못해 강의실을 나가

버리기도 했다. 학생 중 누군가 왜 우리가 해고된 노동자들을 도와야 합니까? 라고 물었기 때문이다. 자기가 열심히 했으면 안 잘렸을 것 아니에요, 라고. 다음 주에도 그는 강의에 들어오지 않았다. 우리는 빈 강의실에 앉아 그가 '경제학의 이해와 적용'이라는 강의명을 지운 뒤 쓰고 간 "깨어나자!"라는 말을 마주해야 했다.

그 일은 나중에 학교가 김 강사를 해고하는 빌미가 되었다. 그가 강의를 하지 않는 동안에도 웹을 통해 수업 자료를 제공했다는 사실은 고려되지 않았다. 선배는 지금 김 강사가 투병 중이라고 했다.

"선배 그때 김 강사가 수업 안 들어왔던 거 기억해?"

"당연하지, 나는 그것에 대해 아주 오랫동안 생각해, 지금까지."

지하철역으로 들어가는데 완전히 취한 듯한 한 남자가 벤치에 앉아 있다가 어이, 하고 우리를 불렀다. 등산복을 입은 그 남자는 우리 둘 다 전혀 모르는 얼굴이었다. 무시하고 지나가려는데 또 한 번 야! 하고 그가 불렀다. 저요? 하고 내가 묻자

그래, 너네 건방진 것들, 이라는 욕설이 날아왔다.

"너네가 기세가 등등해서 세상이 바뀐 줄 알고, 야 씨 언제까지 이게 갈 것 같아, 이 건방진 것들."

내가 이게 무슨 경우인가 싶어서 한마디 하려고 하자 선배는 야, 취했으니까 그냥 가자, 하면서 잡아끌었다. 계단을 다 내려가서도 내가 왜 난데없이 욕을 먹어야 하나, 지금 나에게 보여준 그 적의란 대체 뭔가 싶어서 가서 따져야겠다고 흥분했는데 선배가 다시 완전히 취해 있잖아, 라고 했다. 지금 가서 되물어도 대화가 안 될 거야.

우리는 승강장에서 지하철을 기다렸다. 입안이 텁텁해서 껌을 꺼내려고 가방을 내리는 순간, 오래전부터 달고 다니던 노란 리본이 눈에 들어왔다. 선배 가방을 보니 선배의 것에도 크기는 조금 다르지만 리본이 달려 있었다. 그렇다면 그 초로의 남자가 보여준 적개심은 아마도 선배와 나 둘만을 향한 것은 아니었으리라는 생각이 들었다.

"김 강사는 그러면 이제 책만 쓰는 거예요? 강의는 못하고?"

"아니야, 학교를 상대로 소송을 준비하고 있다고 했어. 그때

까지 몸이 견딜지는 모르겠지만 강단으로 돌아오고 싶다고."

"그런 때가 오겠어요?"

"오지 않겠어? 우리도 괜찮아질 때가 올 것이고. 그런데 그런 때가 오더라도 왔는지 모르면 말짱 꽝일 텐데, 내가 영 눈치가 없어서."

"그러면 내가 신호를 줄게요. 지금이 바로 그때라고."

"아직은 아닌가?"

"아니죠. 아직 400도 입금이 안 됐고."

선배는 내 말에 정말 재미있는 농담이다, 하고 웃었다. 하지만 그 얼굴은 여전히 아픈 사람의 어두운 기색으로 채워져 있었다. 지하철은 한참이나 들어오지 않고 선배는 꾸벅꾸벅 졸기 시작했다. 나는 지하철을 탈 때마다 문득문득 하는 생각, 대체 지하철의 이 빈 공간들이 어떻게 지상의 압력을 견디는가 하는 생각을 했다. 그런데 그것은 사실 빈 공간이 견디는 것이 아니라 지상이 빈 공간을 견디는 것이기도 했다. 그리고 그렇게 서로 견디고 있어야 이 도시라는 일상의 세계가 유지되는 것이고. 각별히 애정한, 마음을 준 누군가 우리 일상에서 빠져나갔

을 때, 남은 고통이 상대와 유리된 오로지 내 것이 되면서 그 상실감을 견뎌내야 하는 것처럼, 그리고 상대 역시 견뎌야 완전한 이별이 가능한 것처럼.

막차인가 싶은 지하철이 터널 끝에서 바람을 몰고 들어올 때쯤 나는 선배의 가방을 흔들며 헤이, 선배, 하고 불렀다. 잠이 들었던 선배는 화들짝 놀라 고개를 들면서 타이밍 딱 맞췄네, 라고 말했다. 이번에는 서론 없이 단순하고 명징하게, 오래 울고 난 사람의 어딘가 말개진 얼굴을 하고.

늘어온 꽃구궁

류, 내가 아는 사람

　때론 전설로 남는 사람도 있는 법이다. 대학 조교로 일하다 보면 과가 창립된 이래 전설이 된 숱한 사람들에 관한 이야기를 들을 수 있는데 류 선배도 그중 하나였다. 처음 들었을 때는 마치 컬트 영화의 한 대목 같은 느낌이었다. 1990년대 중반, 입대가 싫은 남학생들이 있었다. 그들은 오른손 검지손가락이 잘려나가면 군대에 가지 않아도 된다는 사실을 알고—이것부터가 정말인지 아닌지 알 수 없다—단골 술집에 모였다. 말하는 선배들마다 누구는 독일의 시인인 '하이네'가 이름이었다고 하고 누구는 '하인네'라고 하는 술집이었다. 시인과 하인은 너무

멀고 공통점이란 없어 보이는데 지금은 사라졌으니까 누구 말이 맞는지는 영 알 수 없었다. 아무튼 그곳에서 손가락을 자르기로 했다는 얘기였는데, 그 유혈이 낭자한 농담을 정말로 믿은 사람은 류밖에 없었다. 류는 숫돌에 아주 싹싹 갈아서 어딘가 쇳내가 나는 듯한 칼을 가지고 왔다. 거기까지 들은 후배들이 비명을 지르며 그래서 어떻게 되었어요? 어떻게? 하면 그 사건을 기억하는, 짠물에 푹 담근 오이지처럼 피곤에 절어 시간강사로 모교에 나오게 된 선배들은 사건의 전말을 알면서도 말하고 싶지는 않은 듯 그 뒤로는 나도 몰라, 하곤 했다.

이런 전설도 있었다. 이 이야기는 젊은 창업자의 성공기 같은 느낌인데, 지금처럼 피시방 운영 시스템이 충분히 마련되지 않았을 무렵, 그러니까 피시방에서 정말 '피시'나 했던 2000년대 초반에 류가 김밥 장사를 시작했다. 자취방에서 김밥을 말아 팔았고 100줄을 싸면 오전에 완판되었다. 그런데 어느 날, 뭐가 잘못되었는지 김밥을 먹고 배탈이 난 학생이 있었다고 했다. 급기야 기말고사도 못 본 그가 학교 게시판에 류를 지명수배하면서 류는 위기에 몰렸고 휴학까지 했다. 그런데 그 뒤로

도 학생은 포기하지 않고 류를 쫓아다닌 끝에 둘은 연인이 되었다고. 여기까지 말하고 나서 선배들은 또 이런 알쏭달쏭한 말을 덧붙였는데, 소문에 따르면 류가 일부러 상한 김밥을 만들어서 그에게 주었다는 것이다.

"그럴 리가요. 뭔 고백을 그렇게 해요?"

"상대의 육체를 요동치게 하는 것만큼 강렬한 대시가 어딨어?"

반대로 김밥을 사간 사람이 배탈을 핑계로 류를 만난 거라고 얘기하는 선배들도 있었다. 어느 쪽이든 서로가 서로에게 단단히 반해서 시작된 로맨스기는 한 모양이었다.

그 뒤 정년퇴임한 교수의 장례식장에서 드디어 류를 만났다. 테이블의 어느 선배가 류 아니야? 해서 고개를 들어보니 폴로 티셔츠에 꽤 무거워 보이는 색을 멘 남자가 들어와 앉을 데를 찾고 있었다. 그 시간이 길어지는데 선배들 중 누구도 류를 부르지는 않았다. 나는 옆에 놓여 있던 가방을 빼서 자리를 만든 뒤 팔을 흔들어 류에게 신호를 보냈다. 나로서는 선배들의 친구니까 배려한 셈이었는데 사람들은 반기는 분위기가 아니었

다. 누구 하나 날 따라 류를 부르지 않았다.

하지만 류는 우리 자리로 왔고 좌중을 훑어보며 오랜만이네, 했다. 잘 지냈지, 얼마 만이야, 하는 인사가 오갔고 사람들이 좁혀 앉았다. 류는 상상보다는 평범한 인상이었다. 마흔한살의 97학번이라고 하면 누구나 떠올릴 만한 적당히 피로하고적당히 구겨져 있는 얼굴. 다만 텔레마케터처럼 오른쪽 귀에 헤드셋을 쓰고, 밥 먹고 대화하는 동안에도 벗지 않는 점만 특이했다.

류가 없는 자리에서는 다들 잘 아는 것처럼 굴었으면서도 정작 본인이 나타나자 대화의 초점은 계속 어긋났다. 너 교지 편집부였지, 라고 누군가 회상하면 류가 아니, 나 풍물패였어, 하고그래도 돌아가신 교수님이 예뻐하셨지, 하면 두 과목 다 D를 주셨어, 하는 식이었다. 그들이 정확히 알고 있는 류의 근황은 결혼에 관한 것이었는데, 그것도 와이프는 잘 있니, 라고 하자 이혼했어, 라는 답이 돌아와서 대화는 오리무중에 이르렀다.

그렇게 과거의 이야기가 자꾸 허방에 빠지자 이제 화제는 지나간 일이 아니라 눈앞에 있는 현존재에 관한 것으로 좁혀 들

어갔는데, 전보다 많이 마른 것 같네, 어디로 휴가 다녀왔니, 얼굴이 탄 것 같아, 라는 인상평이 오가는 사이 누군가 그런데 왜 헤드셋은 안 벗고 있어, 라고 약간 타박하듯 물었다.

"아, 나 택배 하잖아."

그 순간의 택배라는 말은 그냥 택배일 뿐이었지만 갑자기 왁자한 농담도 젊은 날의 추억도 다 쓸어가버린 듯했다. 잠시 침묵이 흘렀다.

"믿는 건 아니지? 농담이다."

류가 육개장을 후루룩 떠먹으며 한마디 하고 나서야 테이블에는 안정의 훈풍이 불었다. 류는 자기도 다음 학기에 교양 강좌를 맡아서 강의를 나오게 되었다고 전했다. 그러자 몇 강좌나 하는데, 다른 덴 또 어딜 나가고, 하는 질문들이 편안하게 이어졌지만 정작 택배를 하는 오빠를 둔 나는 기분이 나빠졌고, 알코올은 확실히 말의 화력을 돋우니까 나빠진 기분을 어쩌지 못하고 아, 더럽네, 하고 중얼거리고 말았다.

"택배가 뭐 어떻다고. 아, 얼척 없네."

선배들은 내 말을 못 들은 척하다가 경 조교, 그만 일어서자,

내일도 와봐야 하잖아, 하고 자리를 수습했다. 화장실을 갔다 왔더니 택시를 잡으러 갔는지 선배들은 없고 나는 그런 선배들이랑 있어봤자 억지로 웃느라 얼굴 근육이 다 당기니까 차라리 잘됐다 싶어서 후문으로 걸어 나왔다. 건물 뒤편은 모든 풍경이 그렇듯 조용했다. 한 여자가 어두운 주차장과 문 닫힌 매점, 가로등을 오가며 엉엉 울고 있었다. 버젓이 울라고 만들어놓은 장례식장에서 울지 못하고 왜 저렇게 옮겨 다니며 우는 걸까. 여자에게는 무언가 있어서, 도저히 가만있을 수가 없는 반동력이 큰 무언가 몸 안에 있어서 어쩌지를 못하는 듯했다.

그때 누군가 나를 불러서 돌아보니 아까 그 류였다. 류는 마치 달이나 보러 온 사람처럼 불러놓고 딴청만 피우다가 괜찮아요? 하고 겨우 한마디 했다. 괜찮냐니, 뭐가 괜찮단 말인가. 기분 나쁘게 했다면 최소한 사과부터 해야 하지 않은가. 하지만 이상하게도 대학 종사자들은 나 같은 조교들에게는 잘 사과하지 않으니까 나는 네에, 하고 말았다. 다음 학기부터 강의하면 알아서 모셔야 하는 사람이니까. 시간강사들은 말미잘처럼 예민한 감정의 촉수를 가졌기 때문에 한마디를 해도 아주 신경

을 써야 했다.

"제가 뭐 그런 노동을 업신여긴 것은 아닙니다. 저도 대학 때 한 운동 했었고요."

"네, 선생님, 잘 알아요. 신념 때문에 손가락을 자르셨다고요."

류는 무슨 소린가 생각하다가 가로등 불빛 아래 자신의 손을 펼쳐 보였다. 손가락들은 정확히 열 개, 나와 다를 것 없이 똑같은 수였다.

"그러면 다른 선배님이 안 가셨나 봐요."

"네, 못 갔어요. 하지만 그건 그런 무슨 재밌는 얘기가 아니라 슬픈 이야기예요."

다른 길로 갈 줄 알았던 류는 계속해서 나를 따라왔다. 나는 일전에 들은 전설들이 있으니까 혹시 류가 좀 황당한 행동을 하지는 않을까 걱정했는데, 그냥 내게서 한 발자국쯤 떨어져 따라오면서 괜찮습니까, 할 뿐이었다.

"왜 자꾸 물어보시는 거예요. 제가 괜찮다고 했는데."

"정말 죄송하게 되어서요."

"아니, 괜찮다고 하면 그런 줄 아시면 되는데, 자꾸 물어보시

니까 솔직히 기분이 나쁘거든요."

"그렇죠? 안 괜찮죠? 그럴 줄 알았어요. 안 괜찮구나, 안 괜찮아."

"그럼 당연히 안 괜찮죠. 우리 오빠가 택배 기사거든요."

이태 전 택배를 시작하고 오빠는 그사이 살이 8킬로그램이나 빠져 있었다. 나는 오빠 덕분에 이 도시의 모든 집이 주소를 가지고 있는 게 아니라는 사실을 알았다. 변두리로 나가면 무허가 건물이 많고 그런 곳에도 사람들은 살아서 택배를 시키고 있었다. 집을 찾을 수 없어서 전화해보면 받아서 어디어디로 오라고 하니까 안 갈 수도 없고, 어떻게 어떻게 찾아가보면 정말 택배를 기다리는 사람들이 있다고. 번지수도 정확하지 않은데 택배를 시키면 어떻게 하느냐고 하면 택배가 무슨 주소 보고 와요, 사람 보고 오지, 라고 한다는 것이었다.

술김이기도 해서 나는 그 얘기를 류에게 다 했는데, 사람 보고 온다, 라는 말이 어딘가 마음을 괴롭게 했는지 그 말을 한번 따라 해보더니 목이 꽉 멘 소리로 또다시 미안합니다, 라고 했다. 나는 이 선배님이 정말 미안해서 미안하다고 하는 것인

지 아니면 거기에 또 다른 위악이 숨어 있는지 알 수 없어서 문득 서서 그 얼굴을 가만히 들여다보았다. 자동차 불빛 때문 인지 뭐가 들어가 불편한지 류는 눈을 꽉 감았다가 떴다.

택시를 잡으려고 했지만 자정 근처 역 주변에서 우리를 기다 리고 있는 택시는 없었다. 우리는 차라리 천변 위를 가로지르 는 다리를 건너 택시를 잡아보자고 했고 그렇게 다시 걸었다. 그런데 택배 기사도 아니면서 무슨 받을 전화가 있다고 헤드셋 은 하고 다니나 궁금증이 일었다. 류는 그냥 버릇이 되어서 그 래요, 라고만 대답했다.

"언제든 전화가 올 수 있으니까요."

"그러니까 누구에게서요?"

류는 대답 대신 아래를, 너무 어두워서 거기에 강물이 있는 지도 알 수 없는 그 막막한 어둠을 내려다보았다.

"저기 얼굴이 비치고 있는 건가. 너무 멀어서 보이지가 않네."

다음 날 부리나케 세수를 하고 버스를 잡아타고 출근한 나 는 어제 내가 좀 무례하지 않았나 걱정이 들었다. 류는 그냥 어

떻게 어떻게 알게 된 사람이 아니라 까마득한 선배님이고 다음 학기부터 부임한다는 강사님인데. 나는 사과를 하거나 분위기라도 좀 살피자 싶어서 출강 강사 주소록을 검색해 연락처를 찾았다. 다음 학기 예정자까지 확인해보았지만 거기에 류의 이름은 없었다. 그제야 나는 내가 어제 만난 사람이 누구나 한마디씩 하던 류가 아니라 나만 알 수 있는 류였을지도 모른다는 생각을 했다. 실패한 농담이 상대에게 주었을 모욕에 대해 밤길을 걸으며 사과하고 싶어 하던 사람, 다른 어떤 말보다 사람을 보고 온다, 라는 말을 수면 위의 파문처럼 마음을 울려 받아들이던 사람.

그가 정말 대학 강사인지 아니면 나의 오빠처럼 트럭을 몰고 이 도시 어딘가에 물건을 배달하러 다니는지, 김밥으로 인연을 맺은 연인과 어떻게 헤어졌는지, 대체 누구 전화를 그렇게 온종일 기다리고 있는지, 그는 정말 전화를 해올 것인지 앞으로 확인할 기회가 없을 것 같았지만 그렇다 해도 이것만은 분명했다. 스무 살의 그가 좋아하던 술집 이름은 하인보다는 하이네에 가까웠을 거라는. 그것만은 확실했다.

$$\frac{17}{24}$$

　남수가 집을 나갔다는 사실을 믿을 수가 없었다. 은지는 남수를 찾아내리라 생각했다. 전화를 하지 않아도 문자가 없어도 페이스북이나 트위터를 통하지 않아도 나는 너를 찾아낼 수 있어, 라고 생각했다. 있어, 라고 중얼거렸던 시각이 새벽 4시였다. 그 뒤 세 시간이 흘러 녹즙이 배달되었고 은지는 문을 벌컥 열어서 아주머니에게 오늘은 녹즙 넣지 마세요, 했다.

　"왜 안 넣어요?"

　"먹을 사람이 없어요."

　"먹을 사람이 어디를 갔는데?"

아주머니는 6월의 날씨에도 긴팔 유니폼을 입고 놀랍게도 이 이른 시간에 완벽한 화장을 하고 있었다. 속눈썹까지 붙인 채였다. 그 블링블링한 얼굴에 비해 은지는 너무나 내추럴했다. 자연스러움이라는 것이 도를 지나쳐 스스로를 자신 없게, 움츠러들게 했다. 그래서 보통 때라면 문을 닫았을 텐데 은지는 일부러 약간 센 느낌이 들게 현관문을 탁 고정시키고는 비스듬히 기댔다.

"없어요. 사라졌어요."

"어머, 그러면 찾아야지. 신고는 했어요?"

아주머니는 이야기를 심각하게 들었는지 속눈썹들을 치켜올리며 정색했다.

"신고는 왜 해요?"

은지는 슬리퍼를 벗었다 신었다 벗었다 신었다 했다.

"저는요, 걔가 어디 있는지 다 알거든요. 연락이 끊겼는데 다 알아요. 빤해요. 그래서 걱정도 안 해요. 찾을 수 있거든요. 다만 좀 귀찮기는 해서 아, 찾으러 갈까 말까 하는데."

"찾아야지, 꼭 찾아야지. 사라졌으면 찾아야지, 어떻게 안

찾아?"

"아, 그렇죠. 찾긴 찾아야 하는데요, 바빠서 찾지 말까, 어디 있는지 알지만 그냥 안 찾을까 생각도 하는데요."

이야기가 길어지자 아주머니는 언제 끊을까 생각하는 듯했지만 은지는 조금 더 말을 이어갔고 그러는 동안 남수가 있을 곳이 머릿속에 그려졌다. 도서관에 있을 것이다. 요즘 남수는 도서관에서 하루를 보냈으니까. 거기서 먹고 하고 싸고 피우다가 누고 다시 하고 지쳐, 돌아왔다. 아니, 어쩌면 남수는 종로에 있을지도 모른다. 남수가 자주 가는 만둣집에서 만두나 국수 아니면 둘 다 먹고 있을 것이다. 남수는 언제나 배고파 했고 언제나 먹고 싶어 했다. 은지가 그러면 너 정말 돼지 된다고, 사람이 돼지가 되면 도무지 사람 취급을 받을 수가 없다고, 사람이 안 되는 건 괜찮지만 취급을 못 받는 건 너무 괴로운 일이라고 했지만 소용없었다. 우리는 아직 서른도 안 됐는데. 기다려지는 서른 살, 안정이 찾아왔어요 서른 살, 아홉수를 넘었어요 서른 살, 뭐라도 되어 있을 것 같았어요 서른 살. 서른 살이 되기 위해서라도 우리는 취급에 주의해야 했다. 세상은 그 부주의의

가능성이 요주의 되는 곳이니까. 그러니까 너는 지금 닭튀김은 먹지 마, 은지는 남수에게 말했다. 곱창은 볶지 말고 소보루 빵도 씹지 말고 초콜릿과 누텔라는 빨지 말고 채소를 먹으라고. 그러면 남수는 괜찮아, 나는 녹즙을 먹으니까, 했었는데 은지가 그런 상념에 빠져 있는 사이 아주머니는 그래, 그럼 학생, 하며 사라졌고 녹즙은 배달되었다.

은지는 녹즙을 가방에 넣고 나섰다. 11시였다. 책에 껴둔 비상금을 꺼내서 택시비를 챙겼다. 어디든 찾으면 택시를 태워 데려오겠다고 생각했다. 가출이란 그렇게 유순하게 돌아오는 것이니까. 그리고 양산을 챙겼다. 지금은 햇볕이 너무 좋은 6월이고 이런 날씨에 양산이 없다면 새카맣게 타버릴지 모른다. 전철에서는 사람들이 물건을, 등산 스틱과 방향제와 복대 따위를 자꾸 팔았다. 때때로 '빈손'을 팔았다. '빈손'은 팔리지 않았다. 오늘 장사는 아주 꽝이었다. 요즘 세상에 '빈손'은 흔하니까 파는 사람도 이런 불경기에는 익숙한지 별말 없이 다음 칸으로 옮겨 갔다. 은지가 그나마 관심을 둔 물건은 셀카봉이었다. 아

주 그냥 애타게 손을 뻗―을 필요가 없어요. 손을 뻗―지 않아
도 이렇게 쭉― 늘어납니다. 남자가 말하면서 쇠로 된 셀카봉
의 다리를 늘렸다. 늘리니까 늘어났다. 은지는 집에 셀카봉이
없었지만 5000원이라는 가격이 의심스러워서 사지 않았다. 뭔
가 허술하지 않나 경계할 만한 가격이었다. 남자는 셀카봉을
팔아넘길 때마다 취급설명서를 참고하세요, 라고 했다. 그냥 밋
밋하게 취급설명서를 참고하세요, 라고 한 것이 아니라 취／급
／설＼명＼서＼를→ 이런 톤으로 말했다. 그건 취／급／설＼명＼
서＼를→을 어떻게 취급하면 되는지 너무 잘 아는 사람의 말투
여서 은지도 하마터면 셀카봉을 받아 들 뻔했다.

　도서관으로 가서는 한 바퀴 돌았다. 1층부터 4층까지 복도
를 우선 돌았는데 서향의 창을 가진 도서관은 여름 한낮에도
서늘했다. 복도의 시멘트 바닥 때문인지도 몰랐다. 거기서는 무
척 찬 기운이 올라왔다. 이렇게 차고 서늘한 곳에서 공부하면
서 남수는 왜 그렇게 땀을 많이 흘렸을까, 은지는 생각했다. 남
수는 되도록 3층 43번 자리에 앉는다고 했는데 거기 있는 사람
은 남수가 아니었다. 남수인가? 하고 가서 봤는데 남수보다 마

르고 어린 남자애였다. 돌아서다가 그런데 좀 이상하게 남수랑 닮은 것 같아서 남순가? 하고 다시 돌아가 봤는데 남수는 아니었다. 남수보다 근사한 티셔츠를 입고 있었고 9급을 공부하고 있었다. 그러면 아니지, 남수는 7급을 준비하는데, 그러면서 다시 나오는데 또 마음속에서 남순가? 하는 말이 튀어 올랐다. 영화관의 팝콘처럼 남순가? 하고 튀어 올랐다. 아니라고, 남수는 지금 자리에 없고 그제부터 집에도 들어오지 않고 있다고 생각하는데도 정신 사납게 남순가? 했다. 남순가? 남순가? 14시였다.

종로의 만둣집에는 개인 사정으로 당분간 쉽니다, 라고 쓰여 있었다. 그렇다면 여기도 없다는 말이었다. 은지는 기운이 빠져 편의점 파라솔에 앉았다. 앉으면서 뭔가를 사야 여기 앉을 수 있는 건가, 잠깐 점원 눈치를 봤다. 하지만 오래 앉아 있을 생각은 없으니까, 어차피 앉으려는 사람도 없고 비어 있으니까 괜찮겠지, 생각하면서 앉아 있었다.

자주 오면서도 몰랐는데 만둣집 옆이 중국집이었다. 점심시

간이라서 무척이나 바빠 보였는데 소형 트럭이 와서 식자재들을 내려놓았다. 은지는 앉아서 중국집 안으로 배달되는 양배추와 양파와 다시 양배추와 양파와 또다시 양배추와 양파와 양배추와 양파와 양배추와 양파 그리고 양배추와 양파를 지켜보았다.

그것만 본 건 아니고 남수에게 전화를 걸어보기도 하고 새로운 소식이 없나 SNS에 들어가보기도 했다. 남수의 트위터는 이틀 전 게시물에 멈춰 있었다. 이건 아니지 않나? 하고 쓰여 있었다. 이건 아니지 않나? 하고 은지도 생각했다. 은지와 남수가 함께 산 건 벌써 3년인데 이렇게 연락도 없이 오지 않는 건, 아니지 않나?

이윽고 중국집 앞을 떠나 은지는 헌책방으로 갔고 필요한 수험서를 사서 카페로 갔다. 16시 30분이었다. 거기도 남수랑 오랫동안 드나들던 곳이라 혹시 있지 않을까 생각했지만 있지 않았다. 은지는 그제야 남수에게 문자메시지를 남길 생각을 했다. 그 전까지는 전화를 했어도 문자메시지는 남기지 않았는데 왜냐면 자기가 쓴 어떤 말이 그 창에 덩그러니 떠 있는 것이

참을 수 없었기 때문이다.

은지는 야 씨발아, 연락 안 해, 라고 썼다가 지웠다. 야, 너네 엄마 내일 올라오신댄다, 라고 썼다가 다시 지웠다. 야, 너한테 택배 왔다, 뭔가 근사해 보이는데 누가 헤드폰을 보낸 것 같은데 그러니까 닥터 드레, 라고 했다가 지웠다. 5분 안에 연락 안 하면 우리 사이 끝난 걸로 알겠어, 라고 썼다가 지웠다. 그날 화내서 미안해, 와 별일 없는 거지, 라는 말도 지웠다.

대신 은지는 공부를 했다. 9급을 공부했다. 남수는 7급이 아니라면 비전이 없다지만 은지는 그런 말 따위는 1도 안 믿었다. 남수가 그렇게 말할 때 아, 그런 말은 1도 안 믿어, 라고 했다. 그러면 남수는 9급은 정말 아니다, 적어도 최소한 7급은 되어야 한다, 7급은 되어야 밥도 먹고 살고 결혼도 하고 나중에 오십도 보고 육십도 보고…….

"아, 그만 봐."

"뭐?"

"그만하면 됐으니까 그만 보라고."

"어떻게 그만 봐."

"그만 안 보면 힘 빠지니깐. 오십이건 육십이건 안 올 것 같으니까."

"힘이 빠진다고 그만 보냐? 그리고 그만 보려면 봐야 하니까 일단 봐."

"뭐? 야, 그거 1도 말이 안 된다."

은지는 배가 고파서 집에서 가져온 바나나를 먹었다. 녹즙을 들고 망설이다가 상하지 싶어서 마셨다. 왜 안 올까? 생각하며 먹었다. 월세 때문인가? 월세는 한 달 밀렸지만 아주머니는 세 달 밀리기 전에는 찾아오지 않으니까 괜찮은데. 그 아주머니는 월세 따위를 받으러 다니는 것을 너무 싫어해서 늘 문자로만 얼마나 밀렸는지 알려주고는 웬만해서는 아들을 보내니까 그것 때문도 아닐 텐데. 혹시 그 아들이 돈을 받으러 온다고 해도 그 아들은 너무 왜소해서 서른 살이나 됐다는 사실이 믿기지 않는데, 그러면 남수는 그와 이야기하고 나서 괜히 자신의 체격이 그에 비해 엄청나게 컸다는 사실을 강조하면서 서로 양해가 되었어, 라고 상황을 요약하곤 했다.

나는 남수가 평소에는 아주 나약해서 쓸모가 없다고 생각

하다가도 그런 일, 집주인 아주머니의 나약하고 왜소한 아들을 다루는 데는 특장을 가지고 있어서 쟤를 버릴까, 그러니까 이제 정리하고 갈라설까 하다가도 별안간 그런 마음이 사라져서 이마에 입을 맞추고 사랑해! 라고 외치곤 했는데, 그러니까 우리 사랑에는 뭐든 양해가 필요한 것이다. 집주인 아들의 양해가 필요하고, 그러자면 아들의 양해에 대한 아주머니의 양해가 필요하고, 아주머니의 양해가 있으려면 우리가 내지 못한 48만 원에 대한 가치 보류에 대한 산술적 계산의 양해가 필요하고, 그렇게 일단 양해가 되면 48만 원은 48만 원이 아니라 보류 가능하고 양해 가능한 것이 되는데 그렇다면 그건 있지만 적어도 한두 달은 취급할 필요가 없는 마치 공동空同처럼 비어 있는 양해가 되는 것이다.

테이블에 엎드려서 졸던 은지가 깨어난 건 누가 의자를 잠깐 빌리러 왔기 때문이었다. 일어나보니 카페는 만원이었고 벌써 19시가 넘어 있었다. 저녁을 먹은 사람들이 와서 차를 마시고 이야기를 나누고 있었다. 온종일 바나나밖에 먹지 않은 은

지는 배가 고팠다. 택시비가 있으니까 샌드위치나 케이크를 먹을 수도 있었지만 입맛이 썼다. 남수는 밥을 먹었을까. 돈은 가지고 나갔던가. 둘은 한 달에 20만 원씩 공동 생활비를 냈고 나머지는 각자 용돈으로 썼다. 하지만 용돈이 부족할 때는 공동 생활비를 낼 수 없었고 그러면 일상은 좀 불편하게 흘러갔다. 독촉장들을 받아야 했다. 특히 가스! 가스업체는 정말 자비가 없었다. 당장 서너 달만 밀려도 사람의 방문을 받아야 했다. 그래서 남수는 집을 나갔을까. 방문을 받지 않으려고. 가스와 수도는 밀리지 않았는데 은지는 그걸 남수가 모르나 싶어서 야, 미납은 없어, 라고 문자메시지를 보내려다가 말았다.

"여보세요?"

드디어 남수였다.

"어디야?"

"남수야."

"우리 인생은 밝다. 이팔청춘이잖아."

"맞아, 내가 틀렸어, 이팔청춘은 열여덟 살이지."

"아니지, 너도 틀렸지, 삼팔은 광땡이지. 아니라도 우린 청춘

이니까."

"아니 아니, 너는 그래서는 안 되지, 아니 그건 정말 아니지."

은지는 남수의 전화를 끊고 일어나 의자를 빌려간 사람에게서 의자를 찾아왔다. 21시쯤이었다. 그 의자에는 사람이 아니라 사람의 짐들이 놓여 있었다. 은지가 가져가려고 하자 여자는 양해를 구했잖아요, 했고 은지는 양해한 적이 없는데요, 했다. 의자에 핸드백 앉으라고는 안 했고 의자에 쇼핑백, 의자에 재킷, 의자에 태블릿 PC 하라고는 안 했는데.

의자를 가져와서 은지는 맞은편에 놓았다. 자기와 당연히 마주 볼 수 있게 놓았다. 의자에는 아무것도 없었지만 그래서 의자는 ┘자*가 되었지만 그래도 비어 있으니 올 수 있었다. 남수가 올 수 있었고 남수만 온다면 택시를 타고 집으로 갈 수 있었다. 남수는 이 도시를 떠돌고 있고 돌아오지 않고 싶을 수도 있지만 은지는 비워놓았다. 자기만은 그 비워둠을 양해하고 싶었다. 그런 양해라면 누구의 눈치도 보지 않고 어떠한 보류도 없이 기꺼이 취급할 수 있는 것이었다.

* 신해욱의 『일인용 책』(봄날의책, 2015)에서 인용.

서로의 기도

주용이 집에 들어가자마자 영란은 라면을 먹겠어? 라고 했다. 그 말은 한 달 전 애인과 헤어진 뒤 내내 집에만 틀어박혀 있던 영란이 처음으로 뭔가 말다운 말을 한 것이기 때문에 주용은 어떻게든 받아주고 싶었지만 불행히도 회식에서 돼지갈비를 실컷 먹은 터라 그럴 수가 없었다. 남매인 두 사람이 사는 이 집에서는 요리를 안 하니까 각자 배를 채우고 귀가하는 것은 당연한 일이었다. 냉장고에는 서로가 원하는 주류들 빼고는 든 것이 없었고 즉석밥 이외에는 쌀 한 톨 없었으니까.

라면을 사양하고 자기 방으로 들어오고 나서도 주용은 신경

이 쓰였다. 살가운 남매 사이가 아니라 영란이 그 더운 여름 동안 방황할 때에도 주용이 특별한 도움을 주지는 않았지만 마음이 편했던 것은 아니었다. 대체 그 연애는 어떻게 된 거야? 라고 물어보고 싶지만 타이밍을 잡을 수가 없었다. 영란은 퇴근하면 언제나 자기 방으로 곧장 들어가 틀어박혔다.

물론 갑자기 그렇게 개인적인 일을 물어보기도 어색하기는 했다. 주용이 알고 있는 영란의 이성 친구로는 초등학교 시절, 영란을 좋아하던 축구부 남자애가 다였으니까. 걔는 꽤 적극적이었지만 영란은 그 마음을 받아들이지 않았다. 초등학교 6학년이던 그때 이미 자기가 제주도를 떠나기 위해서는 누구나 수긍할 만한, 그러니까 부모로 하여금 서울 유학 비용을 감당하는 것이 당연하다고 느껴질 만한 좋은 대학을 붙는 수밖에 없다고 영리하게 판단했기 때문이었다. 그래서 남자애가 삐뚤빼뚤한 글씨로 "영란아, 너가 공부를 잘해서 서울 유학 가고 나는 축구를 잘해서 유명인이 될 수 있겠다"라는 어딘가 호응이 맞지 않는 문장으로 애정을 표현한 쪽지들도 한번 펼쳐 보고는 집 안 쓰레기통에 버리곤 했다.

하지만 주용은 영란의 진심은 달랐으리라 생각하고 있었다. 저녁 8시, 축구부 수업을 마친 남자애가 그들 집 앞을 지나는 시간이 되면 영란이 피아노를 연주했기 때문이다. 부모들은 무심히 피아노 연습을 하는구나 여겼지만 주용은 영란이 무슨 일이 있어도 그 시각에 꼭 피아노를 친다는 것, 그러면 남자애가 지나다 말고 담벼락에 기대서 듣는다는 것, 그런데 그 곡이 매번 〈소녀의 기도〉라는 것을 예사로 넘기지 않고 지켜보고 있었다. 〈소녀의 기도〉는 당시 학교에서 수업 시간의 끝을 알리는 벨소리였다. 그런 벨이 울려야 남자애가 영란의 반으로 놀러 와 영란을 지켜볼 수 있다는 점에서 〈소녀의 기도〉는 둘의 테마로 적당해 보였다. 그 곡이 한국의 교육 현장에서 너무나 빈번하게 사용되어 낭만적인 느낌은 다 잃어버리고 관성화된 일상과 어떤 지체, 고리타분함을 상징하게 되었다는 것이 문제지만.

주용이 안 되겠다 싶어서 방에서 나와 텔레비전 앞을 서성일 때쯤 영란이 가스레인지 불을 끄고 라면을 그릇에 옮겨 담았다. 김치를 찾는지 냉장고를 열어서 살펴보다가 포기했고 상

을 들어 주용 옆으로 왔다.

"단무지 있지 않아? 어제 만두 먹고 넣어놨던 거 같은데?"

주용이 채널을 돌리다 슬쩍 말했다.

"단무지가 있어? 없을걸?"

"단무지가 왜 없어. 내가 그 집 단무지 좋아해서 한 세 봉지 얻어 왔는데. 있을 거야. 한번 가서 봐."

"됐다, 귀찮다."

"그게 뭐가 귀찮아. 귀찮은 것도 많다."

주용은 냉장고에서 단무지 봉지를 가지고 오다가 다시 돌아가 작은 찬기에 옮겨 담았다. 영란은 '목적의식이 뚜렷하고 근면성실한' 그 무렵의 어린아이들이 으레 그렇듯 실용적이고 허례허식을 따지지 않는 아이였지만 어찌 된 것인지 먹는 것과 관련해서는 어려서부터 정성을 들였다. 언제나 엄마에게 개인 접시를 요구했고 하물며 컵라면을 먹을 때도 다 익힌 뒤에 국그릇에 옮겨 담았다. 시원한 음료는 유리잔에, 따뜻한 음료는 머그잔에 담기를 요구한 것도 어린 영란이었다.

영란의 그런 사치 아닌 사치가 더 이상 허용되지 않기 시작

한 건 본가에서 떨어져 나와 서울에서 자취를 시작하면서였다. 영란이 일단 대학에 붙어서 서울에 먼저 올라왔고 주용은 재수생이 되어 뒤따랐다. 그 상황에 대한 영란의 일갈은 일견 뼈아팠는데, 여자인 자기가 그 정도 수능 점수를 받았다면 절대 재수하러 서울에 올라올 수 없었으리라는 거였다.

대학생이 된 영란과 재수생 주용의 생활은 판이하게 달랐고 같은 집에 살면서 일주일에 한 번 얼굴을 볼까 말까 한 사이클을 낳았다. 그건 정말 함께 사는 게 아닌 것처럼 느껴졌다. 집에서 생활비가 올라오면 일부를 영란이 주용의 통장에 넣어주었는데 그렇게 해서 입금 문자가 띵 하고 올 때만 둘의 생활이 이어져 있다는 실감이 났다. 그들이 생활공동체이며 서로 연대해 궁극의 어떤 결과, 산다는 것을 이루어내야 한다는 희미한 의지 같은 것.

물론 주용은 그때도 영란의 삶을 제대로 이해하지는 못했다. 대학생이 되면 좀 더 여유 있는 생활을 할 줄 알았는데 오히려 영란은 더 바빴다. 거의 서울 전역을 돌며 과외 아르바이트를 했고 그러면서도 학점 관리를 잘해야 하니까 스트레스를 받아

부분 탈모가 생길 정도였다. 주용은 어차피 영란이 자기 인생 관리를 철저하게 하는 사람이니까 신경 쓰지 않으려 하다가 어느 날 홈쇼핑에서 탈모에 좋다는 샴푸와 린스를 대량으로 구입해 욕실에 넣어두었다. 주용도 선물이라고 생색내지 않았고 영란도 고맙다고 말하지 않았는데 샴푸와 린스가 눈금 눈금으로 줄어들긴 했으니까 영란이 쓰긴 쓰고 있는 거였다. 정작 자신은 세안부터 머리까지 비누 하나로 해결하면서도 주용은 영란이, 이제 스물한 살이 된 누나가 제발 굽실굽실하고 풍성한 머리숱을 유지할 수 있기를 바랐다.

어느 날은 영란이 주용의 재수학원으로 찾아올 일이 생겼다. 부모가 영란에게 신용카드를 들려 보내 학원에 가서 직접 학원비를 결제하게 한 것이었다. 주용에게 현찰로 줬다가 주용이 일부를 헐어 썼다는 사실을 알게 된 뒤 부모가 생각해낸 대책이었다. 점심을 먹는데 사무실에서 결제를 끝낸 영란이 강의실로 들어왔다. 영란은 칠판 근처에 서서, 100여 명의 재수생들이 학원에서 배달시킨 도시락, 냉동 너겟과 질긴 소불고기와 마요네즈로 뒤범벅된 마카로니 등으로 점심을 해결하고 있는 장

면을 목격했다. 그리고 영란은 강의실로 한발 더 들어와서 건물 밖에서 볼 때는 창문이 있지만 내부에서는 판넬로 막아 대체 밖에 비가 오는지 해가 떴는지, 구름이 가고 더러는 나뭇잎이 날리고 그렇게 세월이 가고 우리들은 자란다는 것을 전혀 느낄 수 없게 바깥과 학생들을 완전히 차단시키고 있는 그 은폐된 창문을 오랫동안 바라보았다. 그리고 좁은 책상에 덩치가 큰 남자애들이 다닥다닥 붙어서 딱히 육체적인 것이라고는 할 수 없는 어떤 피곤에 절여져 나무젓가락으로 밥을 퍼먹고 있는 장면을. 주용이 복도로 나가자 영란은 창문은 왜 없냐? 하고 물었다.

"정신 집중해야 하니깐 없지."

"뒷문은 왜 막혀 있어? 이 복잡한 강의실에?"

"도망을 가니까 막아놨지. 개구멍으로 빠져나가니깐 꼼짝 말라고."

주용은 학원 한번 다닌 적 없이 완벽한 모범생으로 청소년기를 보낸 영란이 재수학원이라는 곳에 처음 와서 구경을 하는구나 싶어 기분이 상했다. 사실 그런 감정은 어려서부터 종

종 느끼던 것이었다. 영원히 따라잡을 수 없는 달리기 시합을 하듯 영란은 성큼성큼 앞서갔고 자기는 언제나 발 걸리고 뒤처지는 느낌이었다. 영란과 주용의 사이가 데면데면해진 것도 그런 속도의 차이 때문이었는지도 모른다. 그날 영란은 어떤 맥락이었는지 내가 널 위해서 아무래도 기도를 많이 해야겠다, 중얼거리고 돌아갔는데, 영란으로서는 주용의 성공적인 대학 진학을 기원하는 말이었을지 모르겠지만 주용의 자존심을 아주 상하게 했다.

오해를 푼 것은 주용이 대학에 들어가고 나서였다. 진학 성공기를 올려달라는 요청으로 재수학원 홈페이지에 들어간 주용은 영란의 게시물을 발견했다. 영란이 재수학원을 방문했던 시기에 쓰였던 그 글에는 학원 환경에 대한 문제 제기가 담겨 있었다. 비상구가 막혀 있는 것, 창문이 가연성 높은 소재로 다 가려져 있는 것, 과밀한 환경과 환기가 전혀 되지 않는 강의실에서 환경호르몬이 득실대는 플라스틱 도시락으로 식사해야 하는 학생들에 대한 우려까지. 비록 그 밑에 학원 담당자가 "네, 좋은 의견 감사드립니다" 하는 맥락도 없고 진정성도 없는

댓글을 입막음을 해놓듯 올려서 논의는 닫혀버렸지만 그 순간 주용은 어쩌면 아주 어려서부터 영란의 마음은 전혀 다른 멜로디로 울려 퍼지고 있었던 것이 아닐까 하고 생각했다. 문제는 오히려 듣는 이의 관성화된 귀와 마음이 아닐까. 어느 괴롭고 따분하기 이를 데 없는 수업 시간의 끝을 알리는 〈소녀의 기도〉처럼.

텔레비전 뉴스에서 진실, 청렴, 뇌물이라고는 모르는, 충직한, 나라 걱정 같은 말들이 열거되며 하루의 사건들이 요약되는 사이 후룩후룩후룩 면발을 삼키던 영란의 입소리도 멈췄다. 주용이 힐끔 보니 영란은 젓가락을 내려놓고 텔레비전도 그 옆의 창문도 아닌, 사이의 애매한 빈 공간을 물끄러미 보고 있었다.

"그거 안 먹을 거야?"

주용은 곁눈질로 영란과 밥상을 보다가 물었다. 반 이상 남은 라면 얘기였다.

"응, 못 먹겠네. 안 먹혀."

"아니, 그거 안 먹을 거면 왜 끓였어?"

주용이 좀 타박하더니 젓가락을 들었다. 영란은 그런 주용을 보다가 풋 하고 웃으면서 너 참 특이한 식성이야, 라고 말했다.

"넌 그렇게 불은 라면을 좋아하더라. 어려서부터 하도 좋아해서 내가 일부러 남긴 적도 있다."

주용은 라면을 입 안으로 욱여넣다 말고 뭔 소리야, 내가 언제, 하고 볼멘소리로 물었다.

"너 그랬어. 내가 라면 남겨두면 꼭 와서 다 먹어치우더라고."

"내가 언제? 내가 뭐 잔반 처리긴가."

말은 그렇게 했지만 주용이 차갑게 식어서 탱탱 불은, 그래서 밀가루 냄새가 쌔하게 올라오고 국물의 짠맛이 가신 라면을 좋아한다는 건 사실이었다. 먹성이 좋으니까 자기가 먹을 라면을 남겨서 기다렸다가 그 맛을 즐길 수는 없고, 입 짧은 영란이 라면을 남겨 시간이 지나 그런 상태가 되어 있으면 자기도 모르게 젓가락을 들어서 맛을 보고 있었다는 것. 물론 영란의 입에서 그런 회상을 들으니까 멋쩍고 지금도 자기는 그러고

있으니까 입맛은 썼지만 어쨌든 오랜만에 먹는 그런 적절히 식은 상태의 라면은 꽤 괜찮았다.

주용은 분위기가 나아진 김에 누나가 한 그 연애란 대체 뭐야? 라고 물어서 어떻게 가족으로서의 정체성을 드러내볼까 하다가 관두자고 생각했다. 적어도 자정의 뉴스를 듣고 있는 지금 이 순간 영란은 웃고 있으니까. 좀 더 식은 마음의 상태가 되어 그 사랑에 대해 음미할 수 있을 때, 그것이 외부의 어떤 것에 의해 이미지가 탈색되거나 변형되지 않고 오로지 영란 자신의 해석만으로 연주될 수 있을 때까지 기다리자 싶으면서, 일단은 그런 기도하는 마음으로 주용은 그릇 바닥을 싹싹 긁어 라면을 먹고 냉수로 입가심을 했다.

영건이가 온다

영건이를 생각하면 동기들은 그 일, 영건이가 입대했다가 두 달 만에 되돌아온 장면을 떠올렸다. 전공 강의실이 있는 북남관 계단에 우리가 앉아 있을 때 연락도 없이 돌아와 브이 자를 그려 보이던 것을. 한 달 가까이 입대를 위로하는 술자리를 벌인 터라 동기들은 영건이가 돌아온 것이 어딘가 허무하고 코미디 같다며 한동안 화젯거리로 삼았다. 하지만 나는 좀 다른 장면들로 영건이를 기억했다. 동기들은 알지 못했지만 우리는 꽤 가까운 사이, 지금 생각하면 그 시절 '나'라고 할 만한 거의 모든 것을 나누고 보여준 사이였기 때문이다.

우리가 친해진 건 1학년 영어회화 시간이었다. 학번으로 짝을 맞춰서 영어회화 테스트를 했고 우리는 미리 만나 연습을 해야 했지만 영건이는 막 보아가 복귀해 활동할 때라 바빴고 나는 고등학생 시절부터 짝사랑하던 애랑 비로소 연애를 시작한 때라 바빴다. 왜 바빴느냐면 그 짝사랑하던 애는 원하는 대학에 가지 못하고 나와 같은 대학에 다니게 된 데 낙담해 방황하고 있었기 때문이다. 나는 저러다 정말 학사경고라도 받으면 어쩌나 하는 생각에 열심히 그의 과제들을 대신 해주었다. 그래 봤자 문과인 내가 해줄 수 있는 숙제란 몇몇 교양과목밖에 없었지만 나는 무기력과 좌절, 패배에서 걔를 구하겠다는 일념으로 기꺼이 떠맡았다.

재시험을 통고받은 영건이와 나는 어색하기는 하지만 적어도 한 주 동안은 둘이 만나서 영어 문답을 연습해야 했다. '자기 자신을 소개하기'라는 장이었고 그것을 빼곡히 채우고 있는 문답들은 너무 지루해서 그런 소개를 받다가는 얼마 있던 서로에 대한 관심조차 시들해질 듯했다. 하지만 그때는 질문 내용과는 상관없이 누군가와 대화한다는 것만으로도 나 자신의

상태, 그러니까 나란 사람의 특징, 취미, 유년 등이 술술 나오던, 대학 진학처럼 많은 인간관계를 단번에 형성해야 하는 상황에 놓인 사람들이 지니는 자기표현의 열정 같은 것이 있던 때니까 질문은 질문들을 낳아서 어느덧 나는 영건이가 보아의 열성 팬이라는 것을 알았고 영건이도 내가 무척 노동집약적인 연애를 해나가고 있다는 것을 알게 되었다.

"나는 사랑에는 그런 무한정의 투입이 필요하다고 생각해."

영건이는 그렇게 고개를 끄덕이며 내 연애에 동의했고 나는 귀가 솔깃했다.

"야, 근데 생각하면 한심하지. 내가 뭐라고 걔 인생을 그렇게 걱정해. 쓸모없고 안 돌아오지."

"안 돌아오니까 좋지. 주는 족족 돌아오면 정 없잖아."

영건이는 마침 가방에 들어 있던 정확히 열다섯 장의 시디를 보여주며 알바비를 받으면 이렇게 보아의 나이만큼 시디를 산다고 했다. 물론 같은 앨범이었고 누구를 주는 것도 아니었다. 뜯지도 않고 자기 방에 고이 모셔두는 것이었다. 나는 그럴 돈이 있으면 좀 더 괜찮은 티셔츠나 운동화를 사는 게 낫지 않

을까 생각했지만 입 밖으로는 내지 않았다. 아무튼 영건이는 다른 친구들이 제발 정신 차리라고 한마디씩 하는 내 연애를 인정한 거의 최초의 사람이었으니까.

그렇게 일주일간 맹훈련한 우리 대화는 강사 앞에서 물 흐르듯 흘렀다. 너는 어떤 가수를 좋아하니, 라고 물으면 영건이는 나는 보아를 좋아해, 라고 했고 나는 예시에 쓰인 대로 와우, 근사한데, 그 가수는 정말 멋지고 훌륭하며 완벽한 슈퍼스타야, 라고 영혼을 담아 대답할 수 있었다. 서로를 깊이 이해하는 제스처와 말투는 정말이지 거짓이 아니었고 그 덕분인지 우리는 가볍게 테스트를 통과했다.

그리고 나서도 우리의 대화 시간은 계속됐는데 같은 버스를 타고 통학했기 때문이다. 학교에서 20분은 걸어가야 나오는 한적한 도로, 작은 우체국이 있고 언제나 대문 밑으로 코를 내밀어 침입자를 경계하는 노란 개가 있는 정류장에 그 버스가 섰다. 아주 오래되어 이제는 곧 폐차해야 할 것 같은 좌석버스를 타고 한 시간쯤 가면 우리 집이었다. 버스에서 우리가 할 일이란 오로지 대화, 대화밖에 없었다. 영건이는 내게 인터넷 세상,

밤잠이 너무 많아서 10시면 쓰러져 자야 하는 내가 모르는 심야의 인터넷 동호회에서 벌어지는 유머와 재치, 그 마니아들의 열정에 대해 들려주었다. 나는 모두가 피로를 풀어야 하는 그 야심한 시각에 사람들이 모여서 뮤지션이나 영화감독 누구, 특정한 기타 브랜드와 음향기기 같은 헤아릴 수 없이 많은 대상들에 열광하며 자기 에너지를 쏟고 있다는 데 놀랐다.

이제 더 이상 시디나 테이프가 아니라 파일을 재생해 음악을 들을 수 있다는 사실을 알려준 사람도 영건이었다. 그런 세상이 왔는지도 모르고 있던 나는 좀 이상한 기분이었다. 마음과 감각을 뒤흔드는 무언가 있는데 그것이 더 이상 어떤 실체로 '변환'되지 않는다는 것이 신기했다. 음악이 그렇게 전자화되어 인터넷망이라는 공중을 날아 사뿐히 내게 내려앉을 수 있고, 음악이 더 이상 실감 있는 어떤 물체로 존재할 필요가 없다는 사실은 충격적이기도 했다. 하지만 한편으로는 그런 세상이 된다면 더 이상 영건이도 자기 알바비를 보아 시디를 사는 데 허비하지 않아도 되니까 좀 살기가 괜찮아지는 것이 아닌가 싶기도 했다.

"다르지, 달라, 아주 다르다고. 그건. 나는 보아 음악은 엠피스리로 안 들어."

영건이는 손을 내저으며 진지하게 대답했다.

"그건 뭐 다른 데서 다른 게 아니라 쉽게 지울 수가 없으니까, 지우려고 하면 이른바 일종의 충격, 버튼을 누르든 시디를 부러뜨리든 아무튼 힘을 써야 하는 거니까, 그렇게 해야 뭔가를 지울 수 있다는 건 중요해. 그런 건 정말 누군가를 좋아하는 마음을 닮았달까."

어느 여름날 들은 그 말은 과열된 버스에서 나는 매캐한 매연과 타이어에서 나는 고무 냄새, 그리고 얇은 철판이 내는 타다다다다다 하는 소음 속에서도 용케도 정확하게 아주 낭만적으로 들렸다. 버스는 그해 여름의 더위를 도저히 견딜 수 없는 난폭한 마음의 운전기사 아저씨가 몰고 있어서 아스팔트 위를 정말 질주하듯 달려갔고 그 버스의 아슬아슬함과 더불어 내 마음에도 이상한 조바심과 긴장이 일었다. 그것은 내가 어쩌면 그 허무에 찬 공대생의 계절학기 숙제를 대신 해주는 것 말고 사랑의 다른 국면을 맞을지도 모른다는 기대 같은 것이었다.

그 뒤로 우리 대화는 여태까지와 다르게 조심스럽게 흘러갔다. 버스에 오르자마자 그즈음 연애사를 시시콜콜하게 털어놓고 상의하던 나는 최대한 말수를 줄여 관계라는 게 참 어렵지, 사람 사는 게 마음대로 되는 게 아니야, 고독하지, 인생이 너무 쓸쓸해 같은 말들을 내놓았고 그때마다 영건은 그런 마음에 알맞은 보아 노래를 선곡해 이어폰 한쪽을 나눠 주고 함께 듣곤 했다. 늘 있는 좌석버스의 난폭 운전 속에 그렇게 음악을 듣고 있는 우리의 머리카락이나 소매나 어깨가 스칠 때면 나는 이런 계절을 보내면 보낼수록 언젠가는 이 순간의 기억들을 물리적 통증에 가까운 아픔을 각오하지 않고는 도저히 지울 수 없으리라 서늘하게 예감하기도 했다.

그러다 비가 와서 차창이 돋아난 물방울로 가득 찬 날에 나는 영건이에게 앞으로 어떤 사랑을 하게 될 것 같아? 하고 물었다. 누군가에게 불쑥 사랑에 대해 묻는 건 누구나 아는 교본대로 일정한 탐색용이었고 나도 크게 다르지 않았는데 영건이는 불쑥 나는 아무래도 어딘가 상한 사람들만 사랑하게 될 것 같아, 라고 대답했다. 나는 '상한 사람'이라는 표현이 가리키는

어려움이나 고난의 상태가 의외라서 뭐라고? 되물었다.

"마음이나 몸에 큰 상처가 있는 그런 사람."

"왜?"

"그냥 그런 느낌이야, 그럴 것 같은."

"하기는 현대인은 다 실존의 불안 같은 게 있으니까, 다들 아픈 거나 마찬가지지."

나는 어떻게든 영건이의 그 말이 지니고 있는 특별한 무거움을 덜어내고 싶어서 그렇게 말했지만 영건이는 동의하지 않았다.

"하지만 어떤 사람들은 정말 말 그대로 상해 있기도 해. 그래서 이런 노래가 필요하고."

영건이는 내 귀에 보아의 〈NO. 1〉을 들려주더니 자기는 곧 입대를 할 것이라고 말해주었다.

영건이가 군대에서 돌아온 이유에 대해서는 동기들도 알고 있는 사람이 없었다. 몇몇 선배가 영건이네 친척 중 원 스타나 투 스타가 있다고 말하고 다녔지만 그런 선배들은 툭하면 자기가 북남관 앞 잔디를 깔고 입학했다고 농담하니까 믿을 말은

못 됐다. 처음에는 영건이가 신의 아들이라며 농담하던 과 사람들도 영건이가 돌아온 이유에 대해서 통 말하지 않으니 더 이상 화제로 삼지 않았다.

어쩌면 병과 연관 있을지도 모른다고 동기들이 말하기 시작한 건 영건이가 휴학을 하면서였다. 영건이는 한동안 동기들과 연락을 하지 않았고 내 전화도 받지 않았다. 그동안 나는 실연의 상처가 가져온 고통에 배추처럼 절여져 리포트도 제때 내지 못한 채 근근이 학교 생활을 했다. 신입생도 아니고 이제 와서 무슨 방황이냐고 핀잔을 주던 남자친구는 막상 내가 그렇게 되자 나름대로 돕겠다며 참고 자료들을 적당히 조합해 학점 취득에는 그다지 도움이 될 것 같지 않은 리포트들을 써주곤 했는데, 그런 변화는 놀랍기는 했지만 나를 상실감에서 구해내지는 못했다.

그럴 때는 영건이가 말했던 뭔가를 부서뜨리거나 충격을 주지 않고는 도저히 지워낼 수 없는 그 사랑의 고약한 성질에 대해 생각했다. 내가 이렇게 아픈 것이 정말 영건이 때문인지는 확신할 수 없었지만 영건이의 사랑을 충분히 받을 수 있을 만

큼 불구의 마음 상태에 가까이 간 건 분명해 보였다. 하지만 그것도 스무 살의 어느 시기에 감당해야 하는 것이라면 못할 것도 없었고 실제로 계절들이 지나자 나는 누구의 리포트를 대신 써줄 필요도, 소식이 없는 누군가의 연락을 기다릴 필요도 없는 시간을 살고 있었다.

그리고 10여 년이 지나 어느 동창회에서 재회했을 때 영건이는 꽤 밝은 얼굴로 나타나 우리에게 변액보험 책자를 나눠주고는 나 보험 한다고 연락 안 받으면 안 된다, 하고 다짐을 받았다. 영건이가 두 번째로 돌아온 것이었다. 나는 영건이에게 몇 번이나 아직도 보아를 좋아해? 라고 묻고 싶었지만 대신 내가 보험 해줬으니까 너도 우리 여행사 상품으로 어디 좀 다녀와라, 라고만 했다. 또 몇 년이 지나 드디어 영건이가 내 실적을 올려주었는데, 신혼여행을 가면서였다.

영건이 결혼식이 끝나고 피로연장에서 나온 우리는 옆 건물 노천 카페에서 차를 한잔씩 했다. 동기들은 이제 영건이가 장가까지 갔으니 인생에서 중요한 일은 다 넘은 것 아니냐고, 한

시름 놓았다고 얘기하다가 문득 이번에는 절대 돌아오면 안 된다고 농담했다.

"야, 식 끝난 지 한 시간도 안 됐는데 재수 없는 소리 하지마."

나는 발끈했는데, 혼자 생각하기에도 목소리가 컸나 싶기는 했다.

"안 되지, 영건이는 돌아오면 안 되지. 그래도 요즘 세상에 돌아오면 얼굴 한번 싹 씻고 힘내서 살면 되는 거지. 뭘 그렇게 정색이냐?"

그렇게 시시한 얘기들이나 하다가 그마저도 끊기고 모두들 도로 쪽을 보고 있는데 풍선과 테이프로 장식한 웨딩카가 지나갔다. 어어, 하면서 차 안에 탄 사람을 알아본 건 동기들이었다. 차창이 열리더니 영건이가 손을 흔들었고 동기들은 야, 너 절대 돌아오면 안 된다. 그냥 공항으로 죽 직진하는 거야, 라고 소리를 질렀다. 영건이가 걱정하지 말라고 외치는 사이 바람이 불면서 모자가 홱 날아가버렸는데, 그걸 모르고 출발한 차는 잠시 유턴 차로에 서는가 싶더니 그냥 달려 내가 예약해준 그

곳, 섬을 찾는 사람들 수만큼 신이 있어서 모두를 품어준다는
인도네시아의 그 섬으로 곧장 달려갔다.

아이리시 고양이

우리는 공항에서 만나 버스를 타고 리피강 근처 Y의 집으로 갔다. Y는 일본인 K와 함께 작은 플랫에서 살고 있었다. 원래 알던 사이는 아니고 이 셋집에서 만났다고 했다. 고양이 한 마리도 있었다. 아무리 불러도 오지 않는 고양이였는데 Y도 K도 자기 고양이는 아니라고 했다.

"여기서 내보내든 주인을 찾아주든 해야 해."

Y보다 먼저 K가 이사 왔을 때도 고양이가 있었다고 했다. 그때 이 집에는 인도인 부부가 살았고 K는 그들의 고양이인 줄 알았다. 하지만 며칠 지나 인도인 부부가 이사 갈 때 고양이는

남겨졌고 뒤이어 이사 온 사람이 바로 Y였다. 좁고 비탈진 계단을 캐리어를 끌고 올라와 방으로 들어섰을 때 거기 고양이가 있었다. 당황한 Y를 대신해 K가 인도인 부부에게 전화를 걸어주었다. 고양이를 데려가라고 하자 그들은 자기네 고양이가 아니라 "그냥 그 방에 사는 고양이"라고 했다. 자기들이 이사 갔을 때 이미 그 방에 살고 있었다면서.

집주인은 고양이에 뭐 그리 신경을 쓰느냐는 식이었다. 집고양이는 언제든 길고양이가 될 수 있으니 창을 열어놓으라고 했다. 아니면 보호소에 갖다주든가. 날도 추운데 고양이 때문에 창을 열어둘 수는 없고, 그렇게 해서 내쫓는 것이 아주 마음에 걸렸으므로 보호소로 고양이를 옮기자면 캐리어나 목줄이 있어야 했다. 사람에게 절대 안기지 않았기 때문에 고양이를 들고 간다는 건 불가능했다.

Y는 내게 전화 받는 일을 맡겼다. 일단 고양이 주인을 찾기 위해 연락을 돌려놨으니까 그 전화를 받고 룸메이트를 찾는 광고를 해놓았으니까 그 전화도 받아달라고 했다. Y는 생활비를 아끼기 위해 자기 방을 또 누군가와 나눠서 살 생각이었다. "이

방에서?" 하며 나는 방을 둘러보았다. 침대에서 발을 뻗으면 창틀에 닿을 만큼 좁은 방이었다. "그렇게 나누지 않으면 살 수가 없으니까." 내가 그만 한국으로 돌아오라고 하자 Y는 "거기는 좀 낫니?" 하고 물었다. "아니." 나는 대답했다. "그런데 뭘 하러 돌아가?"

Y는 아르바이트를 두 개나 하고 있어서 언제나 바빴다. 그래도 여행인데 온종일 전화 옆에만 붙어 있던 건 아니었다. 혼자 더블린 시내를 걷곤 했다. Y는 주말이 되면 더블린을 떠나 해안 절벽을 보러 가자고 했지만 내가 거절했다. 그냥 Y의 작은 플랫이면 충분했다. 그리고 여기를 나가 걸을 수 있는 이 오래된 도시면 충분했다.

탤벗가와 이어져 있는 얼가에는 제임스 조이스의 동상이 서 있었다. 관광객들이 자주 찾아서인지 동상 근처에는 가난한 예술가들이 심심치 않게 나타났다. 노래하는 청년들과 유명 그림을 모사하는 청년들이 그곳의 터줏대감이었다. 인터넷 카페와 환전소, 중국어가 어지럽게 쓰인 정육점, 작고 허름한 카지노,

문 닫은 샌드위치 가게, 20유로에 묵을 수 있는 호스텔, 인도, 중국, 일본 요리를 다 맛볼 수 있다고 선전하는 싸구려 뷔페 식당들. 횡단보도에는 차가 오는 방향을 알려주는 문장들이 쓰여 있었다. 오른쪽을 보시오, 왼쪽을 보시오. 한국과는 반대였다. 종일 도시를 돌며 오른쪽을 보시오, 왼쪽을 보시오, 라고 써야 하는 페인트공은 좀 지긋지긋하지 않았을까. 하지만 그렇게 휘갈기듯 쓴 문장 없이는 도로 하나 건너기도 쉽지 않았다. 우리는 떠나온 사람들이었기 때문이다.

그러다 마침내 이 집에 살았다는 한 필리핀 여자에게서 전화가 걸려왔다. 그 고양이는 그녀와 함께 세 들어 살던 흑인 남자의 것이라는 얘기였다. 이름을 물었지만 그녀는 이름은 기억하지 못했고 그 남자가 트리니티 대학 근처 사무실에서 일했다고 했다. 그녀가 알려준 건물의 1층은 모든 책을 2유로에 파는 헌책방이었고 2층은 계단을 중심으로 양편이 사무실이었다. 사람도 간판도 없어서 무슨 사무실인지는 알 수 없었다. 우리는 메모지에 만약 탤벗가에 살았던 사람이 있으면 고양이를 찾아가라고 썼다. "그녀는 당신을 그리워하고 있어요!" 이 문장

은 내가 썼고 "찾아가지 않으면 보호소에 맡길 예정임"은 Y가 썼다. 메모는 두 사무실에 모두 붙였다. 갑자기 소나기가 쏟아져서 Y와 나는 건물 밖으로 나가지도 못한 채 엉거주춤 비가 긋기를 기다렸다. 건물 안에 들어와 있는데도 빗줄기에 자꾸 신발이 젖었다. "왜 안 돌아와?" 내가 묻자 Y가 왜 돌아가야 하느냐고 되물었다. 하긴 그랬다. "넌 이제 한국 가면 뭘 하려고?" Y가 물었고 나는 마땅히 할 말이 없었다.

"잘은 모르지만 나빠지지는 않으려고."

"그래, 나빠지면 안 되지. 그거면 되지."

책방 주인이 나왔다가 우리를 보며 누굴 찾느냐고 물었다. 우리 얘기를 듣고는 위층 사무실은 망명자와 갱단의 사무실이라고 말했다. 농담인지 진담인지 알 수 없었다. 돌아오면서 우리는 갱단과 망명자들 중에 누가 고양이 주인인 게 더 나쁘지 않을까 이야기했다. Y는 차라리 갱단이 나을 것 같다고 했다. 망명자들은 언젠가 더블린을 떠날지도 모르지만 갱단은 아이리시들일 테니까.

내가 더블린에서 돌아올 때까지 결국 갱단도 망명자들도 전

화하지 않았다. 중간에 Y는 캐리어를 빌려주겠다는 어학원 친구를 찾아냈지만 보호소로 보내지 못했다. Y는 캐리어를 가져와도 고양이를 붙들 자신이 없다고 했고 K는 자기도 마찬가지라고 했다. 둘은 동시에 날 바라봤고 나도 고개를 저었다. 그렇게 해서 우리는 고양이 주인 찾는 일을 그만뒀다. Y는 인터넷 게시판에 룸메이트를 찾는 공고를 다시 내면서 "일본인 1, 한국인 1, 그리고 누구의 애완동물도 아니지만 여기 살고 있는 스코티시폴드 고양이 1. 한 달에 5유로씩 고양이 사료값으로 내야 함" 이렇게 썼다.

우리는 고양이에게 붙여줄 새 이름을 고민했다. 허니나 앤젤, 스타 같은 이름을 떠올려봤지만 썩 마음에 들지는 않았다. 이윽고 Y가 '아이리시Irish'로 짓자고 했다. 그러고 보니 이 집에서 진짜 아일랜드 태생인 건 고양이밖에 없었다. 누가 됐든 앞으로 들어올 룸메이트도 아일랜드 사람은 아닐 것이다. 공항에서 Y와 헤어지면서 나는 친구들에게는 언제 돌아온다고 말할까? 물었다. Y는 커피를 홀짝거릴 뿐 말이 없었다.

"나빠지지 않겠다고 해. 어디서든 그러자고."

Y가 점퍼 지퍼를 채우고는 내 어깨를 툭툭 쳤다. 게이트로 들어가기 전에 뒤를 돌아보니 Y는 벌써 대합실 끝까지 걸어가고 있었다. Y, 하고 불러봤지만 그 말은 웅성거리는 외국어들에다 파묻혀버리고 Y는 자기 이름을 들었는지 듣지 못했는지 끝내 돌아보지 않았다.

나의 블루지한 셔츠

가계에 대한 요약이란 대개 몇 장의 사진으로 가능하다. 지금은 안타깝게도 연락을 끊은 아버지의 형제들—나에게는 삼촌들—에 관한 것 역시 그러한데 그중 가장 인상적인 사진은 헤드폰을 쓴 셋째 삼촌의 모습이다. 아마도 1980년대를 배경으로 했을 그 사진에서 삼촌은 단발머리에 아주 스키니한 몸을 하고 한 손에는 블루스의 거장 비비 킹의 LP판을 들고 있다.

삼촌과 무려 20년 만에 전화 통화를 하게 되었을 때 나는 그동안의 세월이야 어떻든 그런 삼촌의 모습을 떠올렸다. 삼촌은 고개를 다소 숙이고 있고 삼촌은 그 음악에 귀를 기울이고 있

으며 그러는 순간에 삼촌은 그 세계를 이해하기 위해 완전히 몰두해 있다. 차려입은 셔츠가 무색하게 하의가 파자마라는 점만 아니면 사진은 아주 근사했다. 그런데 지금 현실에서의 삼촌은 고향이 부산이니까 당연히 경상도 사투리로 형님은 왜 전화를 안 받느냐고 내게 묻고 있었다. '형'도 아니고 '행'도 아닌, 모음이 애매하게 분절돼 무언가에 서운하거나 원망스러운 듯한 '흥'이라는 말에도 가깝게 들린 형이라는 단어는 어쩐지 좀 생경하게 느껴졌다. 사투리라서가 아니라 아버지가 누군가에게 그런 존재라는 것, 형이자 백부, 누군가의 사촌이자 당숙일 수도 있다는 사실 때문이었다.

아버지는 말수가 적고 무뚝뚝했으며 적어도 내 기억에서는 단 한 번도 울지 않은 사람이라서 애석하게도 나는 아버지의 내면이라는 것에 대해 잊어버리곤 했다. 타인의 내면이란 그것이 흔들리고 더러는 깨어질 때, 그러니까 마치 재즈처럼 마음이 평상의 리듬을 벗어나 예상치 못하게 변주될 때 만져지는데 아버지는 언제나 나에게 '플랫'한 모습이었다.

물론 아버지 인생이 아무런 굴곡 없이 평탄하고 안정되었다

는 얘기는 아니다. 아버지는 몇 번 실직을 경험했고 사업에 실패하기도 했다. 이후 작은 소매상으로 일상을 되살리기까지 적지 않은 시간이 걸렸고 그러는 사이 서서히 그 가계의 구성원들과는 연락이 끊기게 되었다. 아버지는 강건하고 냉정하며 뭔가 가차 없다는 인상을 주고 싶어 하는 사람이었기 때문에 그들에게서 걸려오는 전화를 더 이상 받지 않거나 친인척의 대소사에 가지 않으면서도 우리에게 이렇다 저렇다 별다른 설명이 없었다. 그런 모습을 엄마는 "느그 아빠는 매정하다"라는 말로 요약했는데, 나는 아버지가 적어도 셋째 삼촌과 연락이 끊긴 것에 대해서는 그렇게 담담하지 못했음을 알고 있었다.

몇 해 전인가 묵은 살림이 들어차 있는 아파트를 모처럼 정리한 날, 앨범에 제대로 꽂혀 있지 않던 사진들이 나풀나풀 떨어져 내렸고 거기에 1980년대 힙스터처럼 보이는 셋째 삼촌의 사진이 껴 있었다. 무심코 사진을 집어든 아버지는 잠깐 쉬고 하자며 베란다에 나가 담배를 피웠다. 물론 베란다에서의 흡연은 금지되어 있고 거의 매일 그런 몰지각한 행동을 하지 말자고 안내 방송이 나오지만 아버지는 이따금 그러한 규율의 파

괴자가 되어 짝다리를 짚고서 한편으로 몸의 체중을 완전히 실은 '인생사 마이웨이'의 자세로 담배를 피웠다. 삼촌 사진을 발견한 날도 아버지는 그렇게 오래도록 서 있다가 "그 마가 손가락이랑 눈까지 하나 잃고" 하며 뒷말은 못 이은 채 한탄했다. 그건 10대 시절 삼촌이 공장에서 일하다가 기계에 몸이 딸려 들어가 사고 당한 일을 가리키는 것이었다. 사진을 다시 보니 삼촌은 파자마 차림으로 집에 있으면서도 선글라스를 끼고 있었다.

나는 아버지가 형제들과 완전히 연락을 끊기 전까지 바로 그 점, 셋째 삼촌이 어린 나이에 공장에서 일하다 산재를 입은 일에 대해 애석해했다는 사실을 떠올렸다. 그때 공장에서 나온 보상금이 아버지네 가족들이 거주할 집을 사는 데 거의 쓰였다는 것도. 하지만 어렵게 마련한 집은 막내 삼촌이 사업을 하면서 날려먹고 그렇게 시작된 균열은 형제간의 관계가 단절되는 이유가 되었다. 아버지도 막내 삼촌을 용서하지는 못했는데 거기에는 무엇보다 셋째 삼촌의 눈과 손가락으로 바꾼 '집'을 그렇게 허망하게 없애버렸다는 사실이 한몫했다.

나는 문득 엄마가 연애 시절을 회상할 때면 언제나 하는 그 말, 아버지가 군대에 간 뒤 어서 의가사제대를 해야 한다고 그렇지 않으면 식구들이 다 굶어 죽고 만다고 엄마에게 편지를 쓰곤 했다는 말을 떠올렸다. 그 끈끈한 유대감이 식어버리는 데는 얼마나 차고 뜨거운 갈등과 번민이 있었을까. 나는 그런 강력한 책임감 아래 버티다 아버지가 결국 완전히 손을 들어버렸지, 하고 생각하다가 다시 정정했다. 아니, 아버지는 장남으로서의 의무와 책임을 여전히 벗지 못해 그 가계를 완전히 회복할 수 없음을 매번 확인하면서 저렇게 물러나 있지, 라고.

베란다에 나가 담배를 피우는 것으로 마음의 동요를 드러낸 아버지는 다시 돌아와 정리 정돈에 몰두했다. 자꾸 나에게 어머니가 샀지만 이런저런 이유로 아버지가 입지 않은 셔츠들을 가져가라며 권했는데, 아버지가 그런 옷들에 가지고 있는 불만은 디자인이 아니라 기능에 있었다. 칼라가 없어서 점잖지가 못하다거나 앞주머니가 없는 셔츠는 언제든 손 닿는 곳에 있어야 하는 볼펜을 넣을 수 없어서 불편하다는 얘기였다.

"아버지, 이제 회사를 나가는 것도 아니잖아요. 좀 편하게 입

으세요, 편하게."

내가 그렇게 권하자 아버지는 뭔가 못마땅한 듯이 안 된다, 하고 단호하게 거부했다. 그러고는 아주 흔한 디자인의 그 셔츠 몇 장을 잘 개켜 내게 건넸다.

20년 만에 다시 고향의 가계들과 연락이 닿은 건 셋째 삼촌이 누군가에게서 엄마의 전화번호를 입수하면서였다. 그때부터 삼촌은 엄마에게 정기적으로 안부를 전했다. 관계를 회복한 둘째 삼촌과 제주도 여행을 가서 찍은 사진까지 보내주며 정작 고향에 남은 사람들은 그렇게까지 불행하지 않다고, 우리도 이제 살 만하다고 보여주려 애썼지만 아버지는 그 소식들에 응하지 않았다. 통화하고 싶다고 엄마를 졸라봐도 "나보고 어쩌라고, 말을 듣지를 않는데"라고 하니까 내 연락처를 물어 전화를 걸어온 것이었다.

삼촌은 아무리 그래도 너가 장손이 아니냐는 말로 한동안 아버지에게서조차 들어보지 않은 내 가계에서의 위치를 상기시켰다. 너무 오랜만에 통화하니까 나는 어색하고 당황스러운데 삼촌은 전화를 쉽게 끊지 않았다. 피붙이가 되어서 20년 가

까이 만나지 않고 산다는 것이 말이 되느냐는 하소연에서 그래도 우리 형제가 젊은 시절에는 의기투합해서 집안을 일으키려 했었다는 회한을 지나 그사이 삼촌은 족발집을 운영해 꽤 돈을 벌었다는 자랑까지 계속됐다.

"근데 니는 내 얼굴 기억나나?"

내가 너무 어물쩍 대답한다고 느꼈는지 삼촌이 불쑥 확인했다.

"그럼요, 삼촌, 기억이 나지요, 납니다."

"니는, 니는 대체 어찌 컸노. 사진 한번 보내봐라."

삼촌이 전화도 끊지 않은 채 그렇게 말해서 나는 가장 단정하고 말쑥하게 나온 사진을 찾아 메신저로 보냈다. 회사 야유회 때 유니폼을 입고 찍은 사진이었다. 그 외에는 너무 활짝 웃고 있거나 애인과 함께 찍었거나 맥주와 나초 같은 각종 음식들을 배경으로 하고 있어서 어쩔 수 없었다.

"늬 아빠 젊었을 때랑 똑같네. 그래 니는 행복하나?"

그렇게 삼촌에게서 '행복'이라는 단어를 들었을 때 나는 문득 마음 어딘가 일렁이는 기분이었다.

"네, 삼촌, 당연히 행복하죠. 직장도 잘 다니고요. 삼촌은 행

복하세요?"

그렇게 묻는 동안 나는 신촌 어느 거리에 서 있었는데 손이 곱을 듯한 추위 속에서도 사람들은 부지런히 오가며 12월의 첫 주말을 보내고 있었다. 한 해의 마지막인 12월은 어떤 시간을 밀어내고 예정되어 있는 그 뒤의 시간을 적극적으로 끌어오는 달이라는 생각이 들었다. 그렇게 다음에 올 시간에 대한 분명한 인식과 기대가 있는 때였다.

"행복하다. 못할 게 뭐 있나, 맞제?"

삼촌은 다시 한 번 아버지와 통화할 수 있게 잘 설득해달라고 부탁한 뒤 전화를 끊었다. 과연 내게 그만한 능력이 있는지는 알 수 없지만 한 번쯤 말은 걸어보리라고 생각했다. 그러니까 오히려 그 과거의 불행에 붙들려 있는 것은 아버지일 뿐 정작 삼촌은 거기서 걸어 나와 해운대에서 가장 맛있는 족발집 사장님이 되었다고. 삼촌은 인생에서 가장 힘들었을 순간조차 블루지한 템포에 영혼을 맡긴 채 불행에 대한 체념도 외면도 아닌, 비비 킹의 대표곡처럼 인생의 '스릴'을 생각하면서 그 시간을 통과할 줄 알았던 소년이었다고.

온난한 하루

소영은 전화를 받았을 때 장난인 줄 알았다. 창석이 오랜만에 전화해 위내시경을 해야 하는데 보호자로 가줄 수 없겠느냐고 물었을 때 그건 일종의 테스트, 소영의 선량함을 알아볼 목적으로 황당한 상황을 만들어 놀리는 줄 알았다. 그렇거나 그렇지 않거나 대학 동창이랑 누가 그런 곳을 간단 말이냐 싶어서 소영은 두말도 하지 않고 "당연히 그럴 수 없지"라고 답했는데 그 뒤에 붙는 "아무래도 그렇겠지" 하는 창석의 시무룩한 말투가 마음에 걸려서 곧이어 "왜 뭐, 얼마나 아픈데, 얼마나?" 하면서 관심을 보이고 말았다. 창석이는 "길게는 안 걸려, 한 두

시간쯤"이라고만 하고 전화를 끊었다. 나중에 소영이 왜 하필이면 자기였느냐고 묻자 창석은 천연덕스럽게 너가 프리랜서라서, 라고 답했다. 프리랜서라는 것이 자기가 자기 시간을 유연하게 운영한다는 것이지 아무나 함부로 그 '프리함'을 이용하는 게 아니라는 사실은 모르는 모양이었다. 아니면 모르는 척하고 싶거나.

아무튼 소영과 창석은 화요일 오전 9시에 병원 앞에서 만났다. 11월이면 아쉬운 가을과 성급한 겨울의 분위기가 교차하는 시기여야 하는데 날씨는 벌써 한겨울처럼 추웠다. 뉴스에서는 추위의 원인이 역설적으로 지구가 온난해졌기 때문이라고 설명했다. 북극해의 얼음이 녹아서 수위가 높아졌고 그것이 태양열을 흡수해 따뜻한 공기를 만들어 북극의 차가운 제트기류가 한반도로 이동했다는 거였다. 어느 장소의 온난함으로 냉랭해진 이곳이라는 점이 흥미로워 소영은 휴대전화 메모장에 그 이야기를 적어놓았다. 하지만 이런 메모들이 정말 필요해질 순간이 올까. 소영은 점차 한 편의 소설로 발전해갈 만한 메모들을 100MB에 달하는 양만큼 가지고 있었지만 정작 제대로 된 단

편 하나 쓰지 못하고 있었다. 청탁은 끊겼고 투고를 해봐도 번번이 돌아오는 대답은 "지면의 사정으로"라는 답신이었다. 지면의 사정이라니, 그 지면에서 내 사정은 안 봐주나, 그러니까 그 지면의 사정에는 대체 무슨 사정이 있기에 매번 그렇게 간곡한 말투로 자기들 사정 좀 이해해달라고 하는 건가.

그런 일이 반복될 때마다 소영은 힘이 빠졌다. 글을 쓰는 것보다 부업으로 하는 편집 교정에 할애하는 시간이 더 늘었다. 부업은 그래도 하면 하는 만큼 수입이 되어 월세라든가 겨울에 입을 만한 코트라든가 든든한 쌀국수 한 그릇, 목욕비, 영화 한 편 같은 실감으로 버젓하게 돌아왔으니까. 100MB의 메모들과는 확실히 달랐다.

창석은 일기예보도 듣지 않고 사는지 얇은 점퍼를 달랑 입고 나타났다. 코가 빨개져 오들오들 떨면서 "아침은 먹었니?" 하고 물었다. 소영이 안 먹었다고 하자 "어떡하지, 나는 아무것도 먹을 수가 없는데"라는 답이 돌아왔다.

"당연히 위내시경 하는데 아무것도 못 먹지. 그건 나도 알아."

"너 그럼 위내시경 해봤어?"

소영은 회사 다닐 때 정기검진으로 해봤다고 답했는데 그러고 보니 그것도 직장이 있을 때 얘기니까 5년 전이었다. 창석도 서른네 살이 되어서야 처음으로 위내시경을 받는다고 했다. 신경성위염으로 약을 타 먹다가 이번에 용기를 내봤다고. 소영은 위내시경 한번 받는데 용기씩이나 필요한가 생각하다가 창석이 평소에도 걱정과 불안이 많아 보였으니까 그러려니 하고 넘겼다. 내가 몇 번을 해봤는데 아무것도 아니야, 그냥 탁 눈을 감았다가 탁 눈을 뜨면 다 끝나 있다, 그냥 넌 꿀잠 잘 준비나 해, 라고 격려했다. 창석은 병원에 들어서서도 긴장으로 경직되게 솟은 어깨를 풀지 못하고 있다가 알았다며 고개를 끄덕끄덕했다.

병원은 원래 내과였지만 지금은 건강검진센터로 특화한 것 같았다. 올해부터 국민의 건강과 안전을 책임지는 국민건강검진센터안전병원이 되겠다는 광고가 화려하게 붙어 있었다. 소영과 창석은 대기실에서 텔레비전을 보면서 한파가 이달 말까지 계속된다는 우울한 일기예보를 접했다. 평일 오전 시간이라

대기실에는 나이가 많은 사람이 대부분이었고 소영과 창석은 그들 사이에서 아주 예외적으로 창창한 젊은이들이었다.

"날이 추워, 어쩌자고 이렇게 추워."

옆자리 할머니가 중얼거리자 또 다른 할머니가 "저러다 곧 눈 온다고, 금방이라고" 하며 말을 받았다.

"그렇지, 아주 금방이지."

차례가 돌아오면 돌아올수록 창석은 긴장을 하는지 엉덩이를 들썩이며 앉았다 섰다를 반복했다. 그러다 혹시 자기가 마취에서 너무 늦게 깨어나면 소영더러 의사 의견을 들어도 된다고 말했다. 그런 의료 정보는 비밀이라 웬만한 보호자가 아니면 알 수 없다는 걸 모르는 모양이었다. 아니면 농담이었거나.

"야, 뭘 믿고 그런 중책을 나한테 맡겨?"

소영이 상황이 어색해서 그렇게 받아치자 창석은 "나 대학 때부터 너 되게 믿어, 인간적으로 완전히 신뢰해"라고 답했다.

마침내 차례가 되자 창석이 정말 환자처럼 느리고 힘없는, 병원에 오면 으레 그렇게 되는 더듬더듬하는 걸음걸이로 검사실에 들어갔다. 창석이 일어선 의자의 가죽 쿠션은 이미 너무

많은 사람이 앉았다 간 탓에 복원력을 잃어 푹 꺼진 자국이 되 살아나지 않았다. 그렇게 기다리다가 소영은 대학 시절 창석이 가 자기네 엄마가 한강 근처에서 국수 장사를 하는데 한번 손 님상에 내놨던 단무지를 씻어서 재사용한다고 얘기한 일을 떠 올렸다. 그 말을 들은 소영은 그 고백 아닌 고백에 들어가 있는 부끄러움, 슬픔보다는 짙은 농도의 울분을 감지하고는 그게 뭐 가 어때서, 라고 최대한 심드렁하게 대답했다. 창석이는 나중에 이메일을 보내서 그때 무척 고마웠어, 라고 인사했다. 이제 나 는 그 일을 조금 덜 부끄러워하게 되었어, 라고.

이윽고 창석이가 간호사들의 부축을 받아서 대기실로 옮겨 갔다. 소영은 이제야말로 보호자 역할을 해야 할 때가 아닌가 싶어서 침대로 가서 창석이를 들여다보았다. 한동안 곤하게 잤 고 그건 아주 씩씩한 잠처럼 느껴졌다. 눈을 뜬 창석이 소영을 척 올려다보고 한 첫말은 "근데 소설 쓰는 거 힘드냐?" 하는 것 이었다. 당연히 힘들지, 말이라고 하니, 매번 백지를 앞에 두고 있으면 발목에 로프를 느슨하게 매고 번지점프를 하는 것처럼 아슬아슬하지, 긴장하지, 그런데 그걸 이기고 채워나가도 이게

대체 세상에 던져져서 어떻게 구를지 알 수 없고 불안하고 불안정하고.

"그거 시험 준비보다 더 어렵겠지?"

창석이 말하자 소영은 "그렇지는 않지, 그래도 이건 창작인데" 하고 받았다. 그것이 이것보다 어려운가, 이것은 그것보다 쉬운가 하는 삶의 온도차를 재보는 일은 늘 쉽지 않았다.

창석은 여전히 독서실을 다니며 그 칸막이 안에서 하루해를 다 보낸다고 했다. 그리고 뭔가를 생각하더니 "며칠 새 동네에 노인들이 여럿 죽었어. 이런 것도 소설거리가 될라나?" 하며 이야기를 시작했다. 그건 창석이 자취하고 있는 동네의 할머니들 이야기였는데, 어느 할머니는 추운 날 계단에서 갑자기 쓰러졌고 어느 할머니는 며칠 전까지 직접 물김치를 담가 나누어줄 정도로 정정했는데 그만 어느 아침에 그렇게 됐고, 교통사고를 당해 세상을 떠난 할머니도 있었다. 그리고 한 할머니에 대해 창석은 비교적 길게 이야기했다.

할머니는 자식의 사업 자금을 대주었다가 그것이 잘못되어 집을 날리고 말았는데 그 고통을 이겨내려는지 매일 동네와 동

네를, 시와 시 경계가 있는 수 킬로미터의 거리를 걸어 다녔다고 했다. 그래서 몸이 늘 흙투성이가 되곤 하는 할머니에게 "그렇게 멀리 가지 마세요. 산책은 공원에서 하시면 돼요"라고 했더니 "내가 너무 바빠서 그래, 바빠서"라고 할머니가 대답했다는 이야기. 그리고 어느 날 동네 슈퍼에 갔더니 사장이 "그 할머니 갔어. 어제 아침에 돌아가셨어" 하며 부고를 알렸다고 했다.

"그래서 너는 뭐라고 했니?"

소영은 이야기를 듣다가 물었다.

"뭘 뭐라고 해?"

"할머니한테 뭐라고 했냐고?"

"뭐라고 해. 바쁘긴 바쁘시죠, 도시에서는 노인분들도 다 바빠요, 그런 게 도시예요, 라고 했지."

"잘했다."

"뭘 잘해?"

"그냥."

창석은 역시 신경성위염이었고 또다시 약을 처방받아 병원을 나왔다. 이런 건 먹어도 영 효과가 없다며 창석은 심드렁했

다. 여전히 추운 바깥이긴 하지만 아침보다는 볕이 따뜻했고 무엇보다 안전과 검진을 책임지겠다고 장담하는 병원을 벗어났다는 사실만으로도 비로소 안전해지는 기분이었다. 둘은 근처 식당에서 쌀국수를 먹으며 시시한 얘기를 나눴다. 서로가 알고 있는 동창들의 근황, 누가 세쌍둥이 아빠가 되었다거나 정말 호주로 이민을 가버렸다거나 그만 파혼했다는 얘기, 누가 호프집을 개업했으니 한번 가봐야 한다는 말과, 누가 누구를 여전히 사랑하지만 그것이 영원히 이루어지지 않으리라는 얘기들이었다.

이윽고 창석과 헤어진 소영은 지하철을 탈까 망설이다가 계속 걸었다. 어딘가 온난해진 탓에 이렇듯 생생하고 시퍼레진 추위를 느끼며 그런 심오한 균형의 원리란 머리가 아니라 마음으로는 이해하기가 힘들고 그래도 현실이 그렇다면 아무래도 이번 겨울에는 롱패딩이라도 한 벌 사야 하나, 외주비가 들어오면 그걸 그런 실물로 변신시켜 더 온난해져야 하나 생각했다. 그러다가 소영은 걸음을 멈추고 휴대전화의 메모장을 열었다. 그리고 어쩌면 그 대화를 나눈 창석이나 할머니에게는 그리 중

요하지 않았을지도 모를, 하지만 왠지 소영에게는 너무 중요해서 언젠가 꼭 쓰고 싶은 이야기를 잊기 전에 적어두었다. 어느 한파 속에 꾀병을 부리듯 침대에 누워 있던 대학 동창에게서 들었던 대화를, 적어도 소영의 머릿속에는 한 인간의 삶에 대한 적절한 격려와 존중처럼 느껴졌던 창석의 그 온난한 답변을.

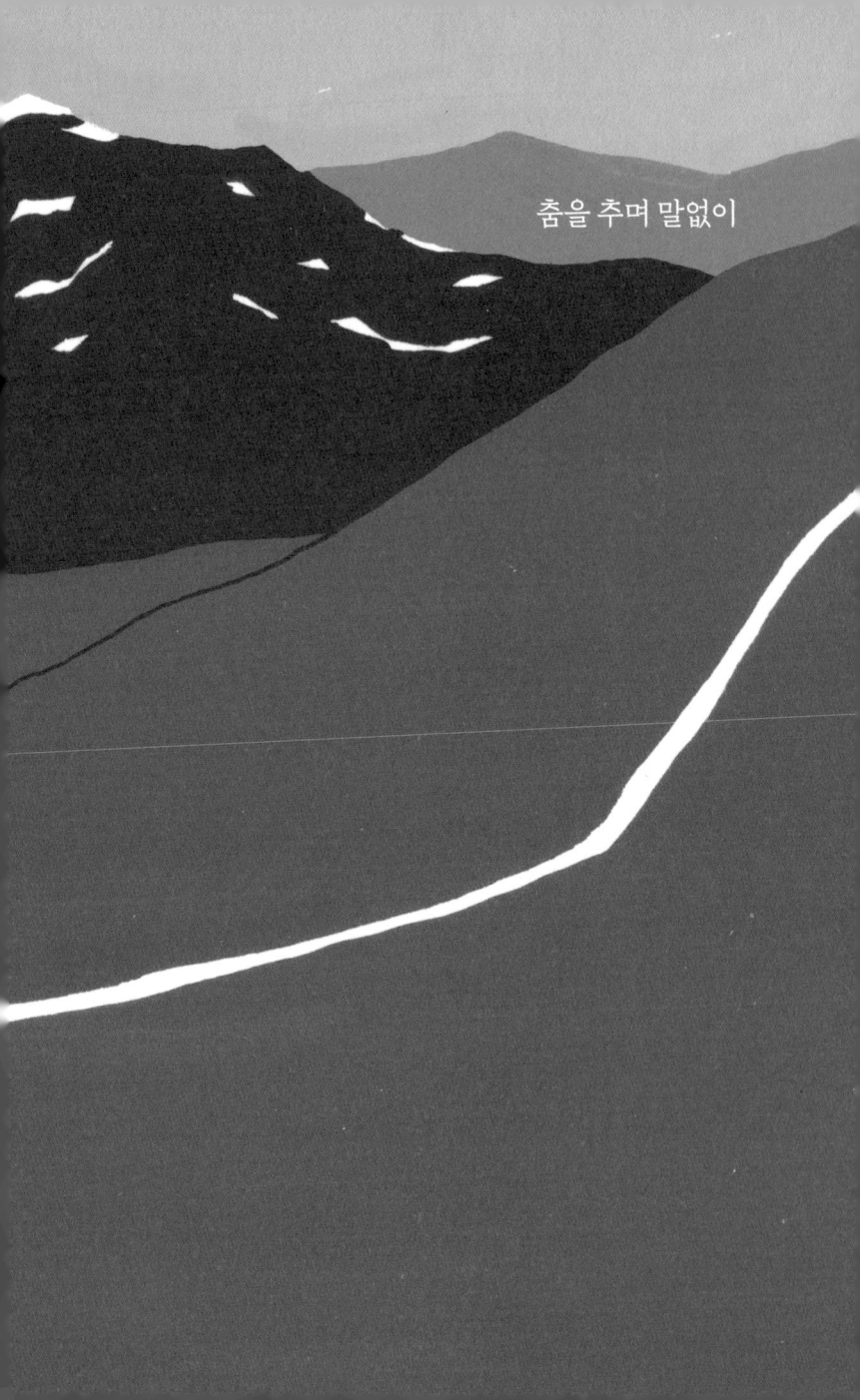

춤을 추며 말없이

춤을 추며 말없이

내가 꼴통이라고 부르기도 하고 B품이라고 하기도 했으며 더러는 그냥 기계, 폐품이라고 한 그것을 할아버지에게 선물한 사람은 나였다. 정식 제품명은 '말로'였는데 상용화된 인공지능 로봇들 중 저가 상품이었다. 말로가 저렴한 건 운동 기능이 상당히 떨어지는, 제작한 지 4년이나 되어서 이제 단종될 모델이었기 때문이다. 말로의 기능은 언어화에 집중되어 있었고 그것도 그저 상대의 말들을 저장한 뒤 적절히 조합해 유사 경우에 출력하는 정도였다. 그 외에는 아주 간단한 동작들뿐이었다. 고개를 끄덕이거나 양옆으로 흔든다거나 하는. 나는 말로를 크

리스마스 바겐세일을 하는 마트에서 샀는데, 내가 진화를 하나 요, 얘도, 요즘 광고에서 떠드는 것처럼 예측지 못한 기계적 진화를요, 라고 묻자 점원은 에이, 아녜요, 하고 무슨 그런 말을 하느냐는 듯 손사래까지 쳤다. 그 정도를 기대하려면 적어도 1000만 원대로 올라가야 한다고 설명하다가 문득 자기가 너무 단정적으로 말했다 싶은지 이렇게 덧붙였다.

"물론 말 그대로 예측이 안 되니까 그럴 수도 있죠. 뭐, 만에 하나라는 것도 있으니까."

예측지 못한 기계적 진화는 최근 생산되는 인공지능 소형 가전들에 발견되는 현상으로 특정 기능이 발달해 제작사에서도 예상하지 못한 기능—하지만 사용자에게 이로운—이 발생하는 것이었다. 집 청소를 담당하는 홈 로봇에게서 아주 높은 차원의 매핑 기능이 생겨나서 셀프 인테리어를 하는 집주인들에게 유용하게 쓰인다거나 베이비시터 로봇이 아기의 행동 패턴과 목소리를 완벽하게 복제한다거나 하는 식이었다. 그것은 일종의 기계적 오류이자 장애였지만 이로웠으므로 사람들에게 환영받았다. 특히 돌보는 아기를 복제하는 베이비시터 로봇의

기능은 마침 사고로 아이를 잃은 가정에서 발견되었고 그것이 언론에 알려지면서 영화로 만들어지기도 했다. 공장에서 그 기능을 의도적으로 넣은 베이비시터 로봇을 만드는 데에는 반년도 걸리지 않았다. 손주를 자주 만날 수 없는 조부모 등에게 그런 로봇을 보내주는 건 금세 흔한 일이 되었다. 하지만 그렇듯 기계가 뜻하지 않게 진화하는 일종의 횡재는 말로와는 거리가 먼 일이었다. 이것은 아주 단순한 인공지능 회로를 사용하는, 인풋과 아웃풋의 과정이 간단한 기계였으니까.

지금 생각해보면 마트로 그것을 사러 갈 때 내게는 할아버지에 대해 귀찮은 마음이 있었던 것 같다. 부모님이 중국으로 사업을 하러 가고 할아버지 손에 크기는 했지만 사실 나는 할아버지를 완전히 좋아하지는 않았다. 함께한 시간만큼 상처받을 일도 많았으니까. 할아버지는 젊은 시절 군악대에 들어가 베트남전에도 참가했는데, 군인 출신이라 그런지 내게 좀 강압적인 태도였다. 아무리 해도 7시에는 도저히 일어날 수 없는 아침이 있고 누가 뭐래도 하기 싫은 일이 있으며 무엇보다 자기 자신과 상대방의 의견이 다를 수 있다는 점을 인정하지 않았

다. 쉽게 말하면 까라면 까야 하는 식이었다. 시키는 대로 하지 않으면 큰소리로 꾸짖었고 벌을 세우기도 했다.

물론 그 벌은 거실에 서서 눈을 오랫동안 감아야 하는 정도였지만 그렇게 눈을 감고 있으면 온갖 나쁜 상상들이 어린 내 머릿속에 일곤 했다. 눈을 감게 한 뒤 할아버지가 일부러 그러는지 아무 소리도 내지 않아 집 안이 아주 괴괴해졌기 때문에 상상력이 더 발동했을 것이다. 나는 그때 책이나 영화에서 보았던 수많은 무서운 것들을 떠올렸는데 그중에는 흉측한 괴수들과 떼로 몰려다니는 곤충들이 있었으며 태풍이나 살인 파도나 크레바스 같은 위험한 자연현상들이 있었다. 그런 두려운 상상들 때문에 그 벌은 내게 아주 고역이었고 결국은 할아버지를 싫어하는 이유가 되었다.

물론 그런 날들만 있는 것은 아니었다. 그런대로 괜찮고 평화로운 날도 있었다. 할아버지는 나름대로 노력을 해도 요리에는 젬병이었는데 그래도 햄버그스테이크는 그럴듯했다. 요리라기보다는 슈퍼에서 파는 레토르트 제품을 데운 것에 불과했지만 그래도 할아버지만의 정성이 들어간달까 하는 부분은 바로 카

레 가루로 만든 소스였다. 카레 가루를 물에 개어서 졸인 다음 햄버그스테이크에 부으면 아주 근사한 맛이 되곤 했다.

그게 저녁 메뉴인 날이면 나는 밥을 두 공기나 비웠고 할아버지는 꼭 맥주를 곁들였다. 하이네켄 같은 미국 맥주들이었다. 그런 맥주병들이 놓인 저녁의 식탁은 마치 미국 영화에 나오는 장면처럼 이국적으로 느껴졌다. 내가 성장한 그곳은 강원도 양양, 황무지나 사막과는 거리가 먼, 울창한 숲으로 둘러싸인 지역인데도 왠지 미국 서부의 어느 작은 마을, 보안관 한 명으로는 도저히 제압할 수 없는 만성화된 악이 있으나 그것이 또 그런대로 삶의 질서를 만들어 지긋지긋하고 좀 답답하게 흘러가는, 그런대로 견디며 살아야 하는 곳처럼 느껴졌다. 휑하니 불어닥치는 사막의 바람만이 어떤 활기랄까 환기의 분위기랄까 하는 것을 만드는.

어쩌면 그런 저녁의 풍경이란 할아버지와 지낸 내 10대 시절을 요약적으로 보여주는 장면일지도 모른다. 할아버지는 특별히 나를 나쁘게 대하지는 않았지만 그렇다고 다정하지도 않았고, 딱히 이유가 외부에 있지는 않은 것 같은 우울과 분노에 시

달렸다. 이따금 전우회 사람들과 주고받는 전화나 언론에서 베트남전 이야기가 나오면 흥분한다는 점에서 그건 아무래도 참전의 기억 때문인 것 같았다. 거의 50여 년이나 된 일이지만 시간적으로 멀어도 체감적으로는 아주 가까워서 할아버지를 여전히 괴롭히는 듯했다. 내가 전쟁 장면이 나오는 할리우드 액션 영화를 보고 있으면 할아버지는 아아, 시끄럽다, 시끄러워, 하고 손사래를 치면서 끄거나 방에 들어가서 혼자 보라고 화를 내곤 했다.

"사람을 저렇게 죽이면 어떻게 되는 줄 아니? 대체 어떤 냄새가 나는 줄 아느냐는 말이야. 눈으로 보고 소리로 듣는 건 안 해도 된다. 안 할 수 있어. 그런데 숨은 어떻게도 안 돼. 숨은 쉬어야 하니까 맡아야 하지. 맡으면 알게 된다고. 거기 사람이 죽어 있다는 것을 알게 된단 말이다."

"할아버지, 저건 영화예요."

"영화라고?"

"영화라고요. 저렇게 죽고 나서 일어나서 분장 지우고 화장실 가서 볼일도 보고 동료들이랑 시시덕대다가 맥주 먹으러 가

고 그러는 거라고요. 거짓이라고요."

내가 그렇게 말하면 할아버지는 못마땅하다는 표정을 잔뜩 짓고 나서 "거짓은 뭐가 거짓이란 말이야?" 하고 조용히 항변했다. 그러고 나서는 뒤이어 나오는 말들을 마치 잎담배를 씹듯 우물우물하며 씹어 삼킨 뒤에 "너는 내 인생에 대해 전혀 모르는구나" 하고 대화를 끝냈다. "그래서 다행이기는 하지만."

할아버지에게 충동적으로 말로를 사준 크리스마스는 내가 대학을 진학하느라 양양을 떠난 지 5년쯤 되었을 때였다. 그때만 해도 생일이라든가 명절이라든가 하는 날에는 찾아가기도 했지만 중국에서 하던 사업을 접고 부모님이 귀국한 다음에는 할아버지를 그냥 부모들에게 맡겨버렸다. 마침 외국에서 공부할 기회가 생기면서 그런 전달은 배턴을 건네듯 자연스러웠다.

이후 한국에 정기적으로 들어왔지만 친구들을 만나고 몇몇 일들을 처리하고 나면 할아버지를 만날 틈은 내지 못했다. 전화를 걸어 가지 못하는 이유를 설명하면 할아버지는 괜찮아, 라고 호기롭게 대답했다.

"나는 하나도 외롭지도 쓸쓸하지도 않다. 자신 있게 늙고 있어."

"그 기계는 좀 이용해보셨어요?"

나는 내가 그렇게 무정한 손자는 아니라는 것, 그래도 여건이 되면 그런 선물쯤은 했던 손자라는 걸 강조하고 싶어서 물었다.

"무슨 기계 말이냐?"

"그거 세일해서 산 거 있잖아요. 로봇이요."

"소년이 말이냐?"

할아버지의 말투가 은근해졌다.

"소년은 누구예요?"

"내가 붙인 이름이야."

할아버지는 내가 사온 그것에게 말을 걸기까지 오래 걸렸다고 했다. 기계에 말을 거는 건 참 어색한 일이었으니까. 그건 대화의 일방향성 때문인 것 같았다. 마치 벽에다 대고 말하는 듯한 느낌. 하지만 요즘은 꽤 말이 늘었다고 할아버지는 말했다.

할아버지가 세상을 떠나기 한 해 전쯤인가의 대화였다.

할아버지가 돌아가시고 나서 집 안 정리는 내게 맡겨졌다. 가장 최근까지 함께 지냈다는 이유였는데 그렇다 해도 무려 10년 전 일이었다. 양양 집에 들어서며 그래도 그때가 할아버지가 누군가와 함께 살았던 마지막 시기였겠구나 생각하니 마음이 조용히 아파왔다. 당신이 돌아와 대문을 닫으면 더 이상 그것을 밀고 들어올 누구도 없었다는 것, 열릴 리가 없다는 것. 그건 젊은 내가 자취방에서 경험하는 것과는 차원이 다른 단절감이었으리라는 생각이 들었다.

할아버지는 신장 투석을 정기적으로 받다가 합병증으로 병세가 악화되어서 그런지 이미 상당한 짐들을 정리해놓은 상태였다. 마치 죽음을 예감하고 있었던 사람처럼. 옷가지도 별것이 없었고 책장이나 서랍장 같은 원목 가구들은 이웃에게 주거나 팔아버린 상태였다. 앨범 두 권, 아주 오래전 세계명작 시리즈로 나온『지옥의 묵시록』『전쟁과 평화』같은 책들, 마지막까지 사용했을 돋보기, 안경.

내가 굳이 간직해야 할 물건은 별로 없구나 하는 생각에 어쩌면 좀 매정하지만 안심하고 있을 즈음, 창틀 옆에 나무 의자

를 놓고 거기에 앉혀놓은 그 바겐세일용 인공지능 로봇을 발견했다. 사각으로 된 철제 머리에 단춧구멍 같은 눈을 하고 손가락을 하나하나 섬세하게 표현하는 대신 멋없게 그냥 손바닥을 좍 펴고 있는 그 저가용 모델은 그러나 할아버지가 어디서 구해 왔는지 직물로 짠 망토를 두르고 밖을 보듯 고개는 창 쪽으로 향한 채 자리를 지키고 있었다. 그러니까 정말 소년처럼, 할아버지가 지어준 그 이름에 들어맞게. 나는 그것을 재활용 쓰레기장에 버려야 할지 아니면 고물상에 갖다주어야 할지 고민하다가 버려도 서울에서 버리자는 생각에 트렁크에 넣었다. 그리고 양양을 떠나 밤의 고속도로를 달리는 동안 트렁크에서는 마치 노크를 하듯 무언가 차체에 일정하게 부딪치는 소리가 났다.

한 주 동안 살펴본 '소년'—명칭 인식 버튼을 사용해봐도 이 단어가 아니면 반응하지 않았다—의 패턴은 이랬다. 타이머가 아침 7시에 맞춰져 있어서 그때쯤 켜진 소년은 "기상"이라고 외쳤다. 기상(!)은 오래전 할아버지가 나를 깨울 때 쓰던 말이라서 나는 다른 말로 바꾸어보거나 전원을 아예 꺼놓으려고 했

는데 역설적이게도 바로 그래서 아침에 유용했다. 신경에 거슬려서 일어나게 되는 것이었다. 그렇게 아침을 시작해서 출근 준비를 하다 보면 소년은 내가 아무 말도 하지 않았는데도 "말세네, 말세야. 세상이 온통 엉망이군. 끔찍한 일이야. 이건 또 무슨 일이야" 같은 혼잣말들을 쏟아냈다. 나는 그것이 아침에 일어나자마자 뉴스와 신문을 읽는 할아버지의 습관 때문이라는 생각에 피식 웃고 말았다. 소년은 아마 매일같이 할아버지와 그런 대화를 주고받았을 것이었다. 시골의 안전한 숲에 숨듯이 살고 있지만 할아버지는 세상에 대한 불안과 불신, 공포와 적의를 계속해서 유지하고 있었다. 마치 그런 것들을 싸안고 있을 때에야 자기 존재가 증명되는 것처럼. 내가 없을 때에는 소년이 들어주던 모양이었다.

"이제 그럴 필요 없어."

나는 소년에게서 인출되는 말들을 듣고만 있다가 말을 걸었다. 소년이 나와 할아버지의 음성을 구분하는지는 알 수 없었다. 그런 기능이야 웬만한 가격의 제품에는 다 있지만 소년은 워낙 저가니까. 내 말을 들은 소년은 한 10초쯤 답을 찾다가

"그래도 약은 먹어야 해!"라고 소리쳤다. 역시 새로운 정보가 입력되는 데는 시간이 걸리겠구나, 앞으로 내내 과거에 저장된 말들을 반복하겠구나 싶어서 흥미를 잃으려는데 소년이 다시 말했다.

"노병은 죽지 않는다."

소년과 함께하는 일상은 아주 이상한 톤을 띤 날들이 되었다. 퇴근해서 들어가면 소년은 날씨가 어땠어, 어떤 걸 잡았어 ─할아버지는 토끼나 꿩 같은 작은 동물들을 사냥하곤 했다 ─나무는 팼던가, 눈은 치우고, 같은 질문을 여전히 해서 마치 그때의 그 양양으로 돌아간 듯한 느낌이었다. 하지만 여기는 시내의 오피스텔, 문을 닫으면 단 하나의 창으로 격자무늬처럼 나뉘어 있는 맞은편 오피스텔 동만 보이는 도시였다. 그래서 소년의 말은 헛말처럼, 상황을 도무지 모르는 어린아이나 기억을 잃어가는 노인이나 할 수 있는 말처럼 느껴졌다.

소년은 마치 여러 역할을 해내는 것 같았다. 그러니까 소년이라는 이름에 걸맞게 유년의 '나'가 되어 할아버지의 불평을 듣고 있는 듯도 하고 할아버지처럼 말하고 있는 듯도 하고, 그

런데 어린 시절의 '나'는 소년처럼 매번 적절한 반응을 하지는 않았으니까 결국 나와는 전혀 상관없는 별개의 존재―기계에 이런 말을 써도 된다면―가 되어 있는 것이었다. 처음에는 좀 낯설고 이상하기는 했지만 점점 시간이 흐르자 나는 소년이 있는 삶에 익숙해져갔다. 문을 열고 들어가면 냉장고의 조용한 소음만 있을 뿐인 집에서 한 박자씩 늦기는 하지만 "오늘은 어땠어?"라고 누군가 묻는다는 것.

"오늘은 환율이 내렸는데 아무래도 전날 대기업의 배당 관련 역송금과 결제 같은 일회성 요인 탓이었나 봐. 여기까지는 예상했지만 NDF도 하락해서 결국 레인지를 잘못 예측한 셈이 되었어."

이렇게 종일 나를 지치게 한 일들을 말하면―그런 긴 이야기나 생소한 경제 용어들이 입력되어 있을 리가 없으니까 답을 못 하겠지 싶었지만―소년은 10여 분이나 자기에게 입력된 말들을 찾아보다가 "구해줘!"라고 정리하기도 했다. 그러면 그렇지 어떻게 기계가 모든 상황에 맞는 말을 하겠어 싶었지만 나중에는 그래도 그 말이 나의 오늘을 가장 적절하게 보여주는

것이 아닌가 싶었다.

AS센터에 전화를 한 건 배터리가 자주 방전되고 음성 송출 회로에 문제가 있는지 소음이 섞인 소리가 났기 때문이다. 워낙 생산되는 제품이 많으니까 연결에 연결을 거쳐서 해당 부서로 전달되었는데 담당자는 소년의 경우 더 이상 AS를 제공하지 않는다고 했다.

"고칠 수가 없다고요?"

"네, 할인 구매하셨을 때 이미 그 점을 공지받으셨고요. 지금 보상 판매 기간이니 할인으로 새 제품 구입 가능하세요."

"새 제품은 살 생각이 없어요. 그런 대화 로봇 필요하지도 않고요."

"동일 제품군이 아니라 다른 인공지능 상품들도 가능하세요."

나는 다른 건 필요하지 않고 그런 보상을 원하지 않으며 다만 소년을 고치기를 바랐지만 상담원에게 그 특별한 '수리'란 그리 합리적인 선택이 아닌 듯 보였다.

아침에 일어나면 이제 소년의 상태를 체크하는 것이 일과의

시작이 되었다. 7시가 되면 "기상(!)" 하고 소리치는 날도 있었지만 좀 늦되게 하거나 아예 건너뛰는 날도 있었다. 오히려 내가 소년에게 다가가 "일어났어?" 묻곤 했는데 그럴 때는 또 언제 할아버지와 그런 대화를 나눠봤는지 "나 정정해"라고 답하곤 했다. 여전히 노병은 죽지 않는다고. 그렇게 해서 소년은 마치 죽어가는 것처럼 가만가만해졌고 그런 로봇을 보고 있는 건 이상하게 고통스럽고 마음이 아픈 일이라서 폐기를 결심해 보기도 했다. 전원을 끄고 그것을 들고 재활용품 처리장으로 내려가면 그만인 일이었다. 나는 그렇게 고장을 일으키는 소년이 불필요하게 내 삶을 우울하게 어떤 책임감과 죄책감으로 얼룩지게 한다는 생각에 어느 날 정말 봉지에 넣어 들고 나가보았다. 세월이 지나 낡고 못쓰게 된 가전제품을 버리는 일에 불과한데도 그것을 다른 쓰레기들과 함께 두는 것은 차마 할 수 없는 일이었다. 그렇게 폐기를 시도하는 일은 그런 생각을 했다는 사실만으로도 마음을 무겁게 눌렀다.

그래서 더 이상 공장의 AS를 받을 수 없는 단종된 인공지능 제품들만 고쳐주는 수리공이 있다는 얘기를 듣고 소년을 데리

고 갔다. 원래는 택배로도 접수가 가능하다고 했지만 그러자면 시간이 오래 걸리고 어느새 그런 식으로 화물 처리할 수 없도록 소년이 정말 '소년'이 되어버려서 안산에 있다는 그 수리공 사무실에 직접 가져갔다. 가게는 아주 작은 크기의 칸으로 이루어진 서랍장이 벽면을 채웠고 부속들이 빼곡하게 들어차 있었다. 겨우 한두 사람이 움직일 수 있는 공간만 있어서 동작이 조심스러웠다. 공장에서 정년퇴직했다는 나이 많은 수리공은 소년을 맡기고 한 세 시간쯤 외출했다 돌아오라고 했다. 분석해볼 시간이 필요하다는 얘기였다.

수리점을 나와서 도시를 차로 돌았다. 근린공원과 어느 예술대학을 지났고 노란 깃발과 현수막에 적힌 잊지 않겠다는 말을 읽었고 고장 난 오토바이를 들여다보며 남자 둘이 쪼그리고 앉아 서로 뭔가를 가만가만히 의논하는 소리를 들었다. 그러다 어느 초등학교 옆 식당에 '국민돈가스'라고 쓰인 메뉴판을 보고 흥미가 생겨 들어갔다. 월차를 냈는데도 휴대전화로는 자꾸 일과 관련된 메시지가 뜨고 전화가 오고 통화를 해야 했다. 그러면 지금 이 도시에 왜 와 있는지도 잊혔고 일의 긴장이

되살아났다. 국민돈가스는 정말 크기가 쟁반만 했고 아주 진하고 풍미가 강한, 그래서 아마도 공장에서 제조된 제품을 쓰지 않을까 싶은 흥건한 소스가 끼얹어져 있었다. 돈가스를 잘라서 우걱우걱 씹다 보니 그 소스는 지긋지긋하고 막막하고 따분했던, 선명한 분노와 어긋남의 결이 있었던 할아버지와의 동거를 떠올리게 했다. 햄버그스테이크가 있는 테이블에서 맡았던 카레 가루 냄새가 여기서도 나는구나, 그러니까 그런 건 어느 누구에게나 있는 마치 공장의 제조 소스처럼 일관되고 표준화된 추억이구나 생각하면서도 콧날이 시큰해졌다. 그건 어떤 이별에 대한 뒤늦은 실감이자 그리움 같은 것이었고 동시에 미안함이기도 했다.

수리공은 소년의 상태가 좀 특이하다고 했다. 원래 공장에서 설정한 것보다 기억의 집적 능력이 과도하게 사용되었고 언어 구사력만 해도 본래 기능을 넘어서는 수준으로 쓰였다는 말이었다. 수리공은 예측지 못한 기계적 진화가 이루어진 셈이라고 설명했다. 나는 이 정도 사양으로는 그런 일이 벌어질 리가 없다고 한 점원의 말이 생각나서 놀랐다.

"고칠 수 있을까요?"

"고칠 게 없어요."

"고칠 게 없다니요? 전원이 자꾸 꺼지고 음성 송출도 문젠데요."

"이건 선생님, 고장이 아닙니다. 고장은 정해진 매뉴얼대로 기계가 행동하지 않을 때가 고장이잖아요? 이건 알 수 없는 이유로 그 이상을 기계가 자의적으로 하다가 이렇게 되었으니까 사람으로 치면 소진이라고 할 수 있어요. 그걸 어떻게 고칩니까?"

나는 오피스텔로 돌아왔고 이 공간에 난 단 하나의 창문 쪽으로 소년을 앉혀놓았다. 언젠가 할아버지가 그렇게 했듯이. 겨울이 오자 소년은 주기를 예측할 수는 없지만 "날이 푹해졌나? 따뜻해?"라든가 "이제 그만 쉬어라" 같은 말들을 불쑥불쑥 하며 인사했다. 더 시간이 지나자 그런 말도 없이 조용해졌는데 그런 때에도 분명 어떤 말들을 전하고 있는 것 같았다. 나는 내가 보지 못한 할아버지의 일상이 어땠을까를 상상했다. 행복했을까, 며칠에 한 번씩 웃었을까, 혹은 울었을까, 누구를

그리워했을까, 혹시 나를. 그런 생각이 들면 이제 더 이상 자신을 소진하면서까지 무언가를 이야기하지는 않는, 왜 그런지 멈춰버린 소년에게 물어보기도 했지만 답은 없었다.

긴 출장에서 돌아오고 나니 소년은 치워진 뒤였다. 더는 켜지지도 않아 부모가 버린 것이었다. 나는 어차피 내 손으로 처리할 수도 없었으니까 화를 낼 수도, 그렇다고 그냥 덤덤히 넘겨지지도 않아서 확실했어? 확실히 더는 전원도 켜지지 않았어? 라고만 물었다. 부모는 그렇다니깐, 하더니 설명했다.

"마지막으로 팔을 슥 들며 흔드는가 싶더니 아주 전원이 나가버렸어. 퓨즈가 나가버린 것 같았어."

그 뒤로도 나는 운동 기능이 전혀 없는 소년이 어떻게 팔을 들었을까를 종종 생각했다. 만약 수리공의 말처럼 그런 기계의 소진이 일어났다면 그렇게 해서 팔을 들어 보이는 것은 훨씬 더 심한 소진이었을 테니까. 어느 날에는 소년이 내가 궁금해하던 할아버지의 모습, 세상과 작별하던 시기의 할아버지를 보여주었다는 생각이 들었다. 그렇게 팔을 드는 것은 손을 흔드

는 것이기도 하고 누구를 부르는 것이기도 하고 어쩌면 가만히 가만히 춤을 췄던 것일지도 모른다고. 어떤 하루를 보냈느냐에 따라 그 동작에 대한 나의 해석들은 비관적이었다가 좀 나았다가, 따뜻했다가 차가웠다가 하는 식으로 달라졌지만 그때마다 믿게 되는 건 그렇게 말없이 춤을 춰보는 어느 밤이 그래도 할아버지와 소년에게 있었으리라는 사실이었다. 내가 기억하지 못하는 유년의 어느 날에 우리가 그랬을 것처럼, 햄버그스테이크가 있는 테이블처럼 너무나 당연하고 몹시도 그립게.

이행성

형권이 리조트에 도착해서 본 것은 넓은 잎의 열대 나무들이 바람을 타는 것이었다. 벽면 없이 가운데가 뚫린 로비층은 그동안 형권이 보았던 어떤 호텔보다도 호화로웠는데 그 호화로움이 대리석이나 눈에 띄는 칠 장식이 아니라 오로지 나무만으로 구현되고 있어서 놀라웠다. 테이블과 소파 같은 가구만이 아니라 카운터 뒤에 걸린 액자도 나뭇조각을 일일이 붙여 석양의 해변 풍경을 표현해낸 것이었고 티테이블 위 은은한 스탠드의 몸체에도 나무껍질이 장식되어 꼭 일본식 분재처럼 보였다.

하지만 형권은 무언가에 당황한 듯 자기도 모르게 뒷걸음질 치게 되었다. 나무와 바람만으로 만들어낸 그 향락의 분위기에는 마냥 좋다고는 할 수 없는 거리낌이 있었다. 공포나 외경과도 비슷했다. 어쩌면 이곳이 국립공원으로 지정된 밀림을 끼고 있는 이국의 리조트이기 때문일지도 모른다. 무릇 이국이란 좀 다르고 알 수 없고 비밀스럽고 꺼려지며 쉽게 불안해지는 것이니까. 물론 그는 한때 사우디아라비아까지 가서 건설 현장을 감독한 사람이었지만 젊은 시절 맞닥뜨린 그 이국의 사막은 이미 무엇으로 가득 차 있는 곳이 아니라 텅 빈 곳이었기 때문에 이런 고무공처럼 팽팽한 표면의 이질감은 아니었다. 형권은 그런 생각을 하다가 아내에게 얼마라고 했지? 라고 물었다. 아내에게서는 1박에 한 20이나 되나, 하는 시들한 대답이 돌아왔다.

"20만 원이면 20만 원이지 한 20은 뭐야. 뭐가 그렇게 안 정확하고 흐리멍덩해?"

"흐리멍덩은 무슨. 여행사에 비행기며 심야에 떨어져 1박 한 호텔이며 리조트며 몽땅 퉁쳐서 돈을 줬는데 내가 어떻게 아느냐고요. 그냥 인터넷에 쳐보니까 그 정도 하는구나 싶은 거죠."

대화하는 틈에 직원이 다가와 숙소까지 태워줄 셔틀버스로 안내해주겠다고 했다. 짐은 포터가 들고 직원은 그냥 손가락으로 알려줘도 충분할 거리를 굳이 앞장섰는데, 가서는 긴 의자를 가리키며 친절하게 여기에 앉아 있는 것이 어떻겠느냐고 물었다. 형권은 앉고 싶지 않았다. 비행기에서 공항으로 다시 여기까지 내내 앉아서 왔기 때문이다. 하지만 상냥하게 권하는 태도에 떠밀리듯 대나무로 엮은 벤치에 앉았다.

　"호텔에서 일해 그런가 영어가 참 물 흐르네. 잘하는 거잖아, 저거면."

　"여기 사람들 영어 대개들 잘해요."

　아들이 대답했다.

　"영국 식민지였잖아요. 영어를 공용어로 쓴다고요."

　"그러면 너랑은 잘 통하겠구나."

　아들은 형권의 말에 웃는 것도 굳은 것도 아닌 애매한 표정을 지었다.

　"그렇지는 않은데…… 필요한 것 있으면 저한테 말씀하세요."

"그렇지는 않다니? 너 내가 그런 자신 없는 말 쓰지 말라고 안 했냐. 가능성이 51퍼센트만 되면 일단 그건 그런 거야. 나중은 어떻든 간에 패기 있게 확신 있게 신뢰 주며 말하는 거라고 했어, 안 했어?"

아들이 알았다며 고개를 끄덕였고 이윽고 셋은 셔틀버스를 탔다. 이미 거기 타 있던 서양 여자가 발목을 삐었는지 인상을 써가며 스프레이를 다리에 뿌리고 있었다. 그들이 타자 안녕, 하고 인사했고 날씨에 관한 몇 마디를 하는 것 같더니 이윽고 아들과 꽤 긴 대화를 나눴다. 형권은 그 장면을, 이제 스물한 살이 된 아들이 외국인과 얼마나 자연스럽게 대화하는가에 초점을 맞춰서 바라보았는데 중간중간 언급되는 표현을 들었을 때 일상의 이야기가 아니라 어떤 '사건'에 대해 말을 주고받는 것 같았다. 실종, 떠도는, 밀림, 믿을 수 없는, 무서운, 같은 표현들이었다. 여자는 버스에서 내려서도 아들과 한동안 이야기하더니 이윽고 휴가 잘 보내, 인사하면서 숙소동으로 들어갔다. 선베드가 놓인 야외 수영장과 자쿠지를 지나 그들도 방에 도착했다. 전면의 창으로는 넓은 백사장 끝에서 넘실대는 인도

양이 보였고 파도가 꽤 높았다. 바다를 가까이 보기 위해 형권이 테라스 출입문을 열자 현관 쪽에서 탕탕탕 하고 노크 소리가 났다.

"누구야?"

형권이 출입문을 닫으며 약간 소리를 높여 현관을 향해 묻자 다시 탕탕탕 소리가 들렸다.

"아빠, 그건 그냥 테라스 출입문이 열렸다고 알려주는 소리예요. 침입이 있을 수 있으니까."

"여기가 4층인데 어떻게 들어온단 말이야?"

"그럴 수 있죠, 테라스와 테라스가 이어져 있으니까. 그리고 아까 그 외국인 여자가 여기 별로 안전하지가 않다고 하더라고요."

형권은 그렇지 않아도 그 대화가 신경 쓰였던 터라 더 물어보려고 하는데 아내가 베개 종류를 골라서 카운터에 알려주어야 한다며 말을 끊었다. 베갯속의 종류를 라텍스에서 오리털까지 그 함유 정도마저 선택할 수 있다는 것이었다. 그 여자가 뭐라고 했어, 라고 물을 때마다 아내가 자꾸 의견을 구해서 결국

185

에는 그게 중요한 게 아니잖아, 라고 형권이 짜증을 냈다. 이제 막 방 안에 들어왔을 뿐인데 베개 따위가 뭐 그렇게 중요한가, 아직 해도 지지 않았는데.

"그럼 뭐가 중요해요?"

베개 리스트를 들고 있던 아내가 눈을 둥그렇게 뜨며 물었다.

"쟤가 지금 중요한 이야기를 하잖아. 안전하지 않다잖아, 여기가."

"중요한 이야기는 아니고요."

아들은 무심코 그렇게 말했다가 뭔가를 수습하듯이 중요하기는 한데요, 라고 좀 더 확신을 얹어 말했다. 아들은 여자가 리조트에 허락받지 않은 투숙객이 있으니 조심해야 한다 경고했다고 전했다. 들어올 때부터 일일이 투숙객 명단을 확인해야 경비 초소를 통과할 수 있는데 허락받지 않은 사람이 어떻게 머물 수가 있는가. 형권이 그 지점부터 말이 안 된다, 여자가 뭘 잘못 알고 있겠지, 싶어서 믿지 않으려 하는데 아들은 전적으로 확신하는 내용을 전달하는 사람의 진지하고 무거운, 그래서 어쩐지 차갑기까지 한 얼굴로 체크아웃한 상태로 리조트에서

는 나가지 않는 남자래요, 라고 덧붙였다. 오래전 가족과 함께 온 그는 무슨 이유에서인지 그들과 같이 돌아가지 않고 리조트에 남아서 부대시설들을 떠돌며 하루하루를 보내고 있다는 것이었다. 낮에 해먹에 누워 있기도 하고 밤에는 해변에 묶어둔 카약에서 자기도 하는데 머리와 수염이 덥수룩하고 허리가 굽고 어깨가 안으로 말려서 마치 밀림의 오랑우탄 같다고. 그가 그래도 사람이라고 할 수 있는 것은 하와이언 셔츠를 입고 있기 때문인데 어쩌면 그래서 더 기괴하게 느껴진다고. 여자는 남자가 불쑥 복도에 나타나 놀라 계단에서 발을 헛디뎠다고 했다. 자기를 놀래키고 총총히 사라지는 남자에 대해 귀띔해준 사람은 하우스키퍼였다고.

물론 형권은 믿지 않았다. 이렇게 관리가 잘되는 리조트에서 어떻게 그런 불청객이 오래 머물 수가 있으며, 여기까지 올 정도면 최소한 중산층은 되어야 할 텐데 그런 사람이 왜 여기서 나가지 않는단 말인가. 가진 게 얼마나 많은데 안락한 삶을 포기하고 짐승이, 이국의 오랑우탄이 되기를 선택해. 오랑우탄이라니. 형권은 그런 믿거나 말거나 하는 이야기를 믿어버린 아

들이 한심해서 머리를 절레절레 흔들었다.

"너는 말이야, 가능성을 따져보고 이야기를 해. 사람들이 대체 믿겠나, 이게 몇 퍼센트나 가능성이 있는 이야기인가 생각을 좀 해보란 말이다."

그러자 아들은 더 말하려다 참고 짐을 푸는 형권의 아내에게 돌아가 라텍스로 할까, 엄마, 하고 말을 걸었다.

"여기 라텍스가 유명하다는데, 베개가 편해야 잘 잘 수 있잖아요. 그래야 좋은 꿈도 꾸지. 엄마 며칠 통 못 잤잖아."

리조트의 하루하루는 다를 게 없었다. 아침에 일어나면 새들이 테라스로 몰려드는 이탈리안 식당에 가서 뷔페로 조식을 먹었고 사람이 직접 서 있을 정도로 거대한 체스판이 자리한 정원을 산책했으며 바다에 발을 담갔다가 수영장으로 돌아와 시간을 보냈다. 일몰 시간에는 구름이 역동성 있게 퍼져 있는 하늘을 비추며 소멸해가는 태양을 지켜보다가 사진을 찍고 SNS에 올렸다. 저녁이 되면 리조트에서 공짜로 제공하는 칵테일과 카나페 같은 주전부리를 먹기 위해 거의 모든 투숙객이 몰려들었는데 형권이 문득 생각나 찾아봐도 오랑우탄을 닮은

하와이언 셔츠의 남자는 없었다. 다만 투숙객 상당수가 백인이었고 그 사이에 껴 있는 자신이 좀 눈에 띈다고 느꼈을 뿐이었다. 형권은 그때 그 발목을 다친 여자를 발견해 정말 그런 남자가 리조트에 있는지, 사실인지, 아니면 아들이 괜히 부풀려 얘기한 건 아닌지 물어보고 싶었지만 막상 그 앞에 서자 여자가 경계하는 얼굴로 자신을 올려다보았고 그 순간 긴장해 이봐요, 실례합니다, 그때 그 남자, 남자, 라고 더듬거리다가 돌아섰다.

하지만 아들과 아내가 그들만의 다정한 대화를 나눌 때 혹은 걷다가 해안에서 큰 바람이 불어 열대 나무들이 우수수 흔들리며 밀림의 깊은 내부를 그 텅 빈 공간을 통과하는 바람의 소리로 은밀히 암시할 때 형권은 긴장과 불안으로 떠올리는 것이었다. 리조트에서 체크아웃하는 날짜가 언제고 절차는 어떠한지를, 택시를 타고 도착해야 하는 공항의 이름과 타야 할 비행기의 편명을, 그리고 자기의 직장이나 직급 같은 것을. 물론 그러다가도 그런 자신에 헛웃음을 짓기도 했지만 생각을 떨칠 수는 없었다. 마치 어딘가에서 옮겨 온 것 같았다. 아들에게서, 아니면 그 여자나 혹은 정말 있을지도 모를 불청객인 남자에게

서. 대체 이 리조트 안의 사람들 중 얼마나 그것에 대해 생각하고 있을지는 알 수 없지만 그런 불운한 인생의 풍문이 날아와 형권의 마음에 안착한 건 분명했다. 그러니까 형권은 정확하게, 흐리멍덩하지 않게 계속 계속 생각했다. 여기까지 와서 그 모든 것을 버리고 낙오한 사람이라니, 돌아가지 않은 사람이라니, 그런데 정말 오랑우탄이라니, 하와이언 셔츠라니.

오직 그 소년과 소녀만이

상준은 리셋 이후의 삶에 대해 경험자들에게 들어본 적이
있다. 뭔가 작동하지 않는 기분이라는 것이었다. 공회전의 느낌
같다고 했다. 풍선에서 바람이 빠져나가듯이 자기를 채우고 있
던 거대한 폭풍이 사라진 것 같다고. 리셋을 후회하는 사람들
중에는 빠져나가버린 기억들이 아쉬워 복원을 알아보는 사람
들도 있었지만 허가가 나지 않은 몇몇 업체에서만 취급하는 것
이었고 그나마 부작용이 많아 본래 있던 유년의 기억이 되살
아나는 것이 아니라 정체를 알 수 없는 파편적인 것들이 결합
해 전혀 사실과 다를 것이 분명한 기억들을 불러일으켜놓는다

고 했다.

한 번도 한국을 떠나 살아본 적이 없는 사람에게 아마존 어느 부락에 살고 있는 유년의 기억을 떠올려놓는다고 했다. 자기와 피부색이 다른 어른들 뒤를 부지런히 쫓으며 울창한 밀림을 뛰어다니고, 한국에서는 동물원에나 가야 볼 수 있는 생명체들에 대한 생생한 느낌을 갖게 된다는 것이었다. 어릴 적 동화책에서나 보았던 생명체들은 그래도 호감의 대상들이었는데 그런 기억을 가지게 되자 마음이 달라지기도 한다고 했다. 야자를 따는 원숭이에게 맹렬한 적개심을 느끼며 손바닥이 까질 때까지 야자수에 오르는 꿈을 꾼다는 식이었다.

"그건 아마존에 살았던 사람의 것이라고 하기에는 너무 문명적이지 않아?"

리셋 7년 차인 상준은 아마 텔레비전의 서바이벌 프로그램에서 온 장면들일 거라고 생각했다.

"아니, 뭐 너무 리얼하지 않아? 거기 살면 정말 그럴 것 같은데. 동물 대 인간, 적자생존?"

주현은 반년 전부터 리셋센터에 등록해 다니고 있었다. 같은

회사에 다니는 상준이 리셋 상태의 오랜 선배라 리셋을 고려하고 결정하기까지 자주 자문을 구했다. 사실 상준은 자문이라고 할 만한 것을 해주지 않았다. 되돌릴 수 없는 엄청난 일이라 누구에게 권하고 말고 할 만한 게 아니었기 때문이다. 그렇게 인생이 달라지는 데 자신이 무언가 영향을 주는 건 부담스러운 일이었다. 하지만 주현이 그렇게 망설이는 동안 2, 3년의 시간이 흘렀고 그사이 둘은 연인이 되어 있었다. 상준은 주현이 자신처럼 리셋을 결정하든 그렇지 않든 상관이 없었지만 최종적으로 주현이 그런 결정을 내리는 것을 보고는 자신의 삶에 대한 인정처럼 받아들인 것은 사실이었다. 리셋인으로서의 자신이 형편없었다면 자기도 그런 삶을 살겠다고 결정할 이유는 없을 테니까.

리셋을 하면 호적이 말끔히 정리되는데 그렇게 가족으로서의 권리를 포기하고 나면 부모나 친척이 남긴 재산을 하나도 물려받을 수가 없었다. 재산권 행사에 있어서 권리를 포기하는 것이었고 법률상으로의 자기 위치가 재조정되는 것이다. 물론 채무 변제의 의무도 없으니 단점만 있는 것도 아니었다. 처

음 리셋이 한국 사회에 도입되었던 1980년대만 해도 리셋은 심리적 재조정이 필요한 이들이 극단의 상황에서 선택하는 것이리라고 판단하는 사람이 많았다. 대개의 경우 어렸을 때 범죄 피해를 당했던 사람들이 유년의 기억을 모두 삭제하는, 리셋의 첫 신청자들이었다. 그들은 피해 사실이 법원에 기록되어 있었으므로 리셋 여부를 판정하기가 어렵지 않았다. 그런데 가족이나 친족에 의해 범죄를 당한 경우가 많아서 그것이 결국 가해자들이 자신의 행위에 대한 망각을 유도하는 것으로 악용되기도 했고, 그래서 리셋 프로그램에서는 이제 호적을 정리해 본인만 남겨 새롭게 '일가 창립' 하는 것을 의무로 두고 있었다. 그리고 접근 금지 명령을 통해 가족들의 원치 않은 접근을 미리 막아두었다.

"그 정도가 아니라면 접근하지 마십시오!"

한동안 리셋협회에서 내걸던 캐치프레이즈였다. 물론 그렇게 해놓아도 가족들의 문제는 '클린하게' 정리되지 않는 것이 사실이었다. 하지만 적어도 상준에게는 그런 문제가 발생하지 않았다. 유년을 함께한 어느 누구도 자기 앞에 등장하지 않았던

것이다.

이제 리셋 인구는 기하급수적으로 늘어서 성인 만 명당 서너 명 정도는 리셋인이었다. 리셋인은 국적이나 인종이 다른 사람들과 마찬가지로 이 사회에서 받아들여야 할 또 다른 소수가 되었다. 리셋인을 위한 부대사업들도 늘어났다. 유년의 기억이 없는 이들을 위해 유년기 재체험 프로그램도 생겨났다. 가상현실의 그 프로그램은 모유 수유에서부터 걷기, 한글로 첫 글자 읽기, 어린이집 소풍 가기, 처음으로 피아노 배우기, 재롱잔치 준비, 부모의 허그, 반려동물 기르기, 조부모의 귀염 받기, 나의 첫 게임 캐릭터, 초등학교의 선생님들, 시험과 졸업식 등 세세한 과정으로 이루어져 있는데 어떤 경우에도 나쁜 기억을 남기지는 않았다. 오직 가상 체험을 통한 실감의 획득만이 목적이었으니까. 하지만 상준은 그런 프로그램은 절대 이용하지 않았다. 그런 것에 기대 유년을 되살리려 하는 것이 상황을 더 좋게 만들 것 같지 않았다.

주현과 상준은 차를 타고 부암동의 일본식 선술집 '없는 집'으로 갔다. 거기는 팔각정으로 첫 데이트를 갔다가 발견한 작

은 가게였는데 어묵탕과 사케를 팔았다. 테이블이 대여섯 개밖에 없는 공간이었고 음식 맛이 그렇게 뛰어난 것도 아니었는데 그곳이 둘의 단골집이 된 건 커다란 책장 때문이었다. 가게의 한쪽 벽면을 다 채울 만큼 커다란 책장에 책이, 주제별로 일관성이 있는 것도 아니었고 그냥 주인이 자기가 읽어온 책들을 인테리어 삼아 꽂아놓고 있었다. 『안나 카레니나』 『테스』 『제인 에어』 같은 명작에서부터 대중적으로 인기를 끈 소설들, 그리고 어렸을 때 썼던 교과서와 문제집, 자격증 준비를 했던 수험서들, 옥편까지 함께 꽂혀 있었다.

그날 상준은 주현이 앉아 있는 그 배경의 책들을 보면서 익숙한 풍경에서 오는 기시감을 느꼈다. 어쩌면 선술집이 나뭇바닥이라서 그랬는지도 모른다. 아니면 테이블이 오래전 초등학교에서 썼을 것 같은 좁은 나무 책상이라서. 리셋으로 유년을 삭제했는데도 가끔 그런 알 수 없는 기시감들이 느껴지곤 했다. 그게 영화나 책에서 본 것들이 되살아나는 것이 아니라면 기억의 세세한 구체들은 지우더라도 흔적만은 지울 수가 없다는 얘기였다. 그렇게 해서 마음의 어떤 움직임—마치 바람이

물의 표면을 훑으며 갈 때 물결이 생기듯—이 있는 것이 분명했다. 그때 주현은 왜 자신이 유년을 지우고 싶은가에 대해 말하고 있었다.

"그때 아빠는 아주 심각한 방식으로 엄마에게 폭력을 행사했어. 나는 다 기억해. 그런데도 엄마는 기억이 다 어떻게 된 건지 네 아빠만 한 사람이 없다고 이야기를 하곤 했어. 네가 어려서 기억이 그렇지 그렇지가 않다고. 이제 엄마도 없으니 나는 기억을 지우고 다시 살고 싶어."

주현이 말하던 순간에 상준의 내부에 있던 무언가 흔들렸는데 그건 슬픔과 분노 같은 형질이었다. 주현은 아직 고통이 생생한 듯 그 폭력을 상세히 말하지 못했는데도 상준은 이미 그 장면을 본 듯한 느낌이었고 분노가 치밀어오르면서 억울해졌다. 동시에 무기력을 느꼈다. 아무것도 할 수 없을 것이다, 아이는. 아이는 어른들의 싸움이 금세 잦아들기를 고요히 기다릴 뿐. 상준은 그런 아이가 된 기분이었고 앞에서 울먹이고 있는 주현도 이제 한 열 살이나 되었을까 싶은 소녀처럼 보였다. 둘은 서울의 전경이 내려다보이는 부암동의 높은 언덕에 있고 어

른들은 슬픔만을 주었으며 그들은 함께 있다. 상준은 무슨 이유에서인지는 모르지만 슬퍼서 울었고 그런 상준을 놀라서 바라보던 주현이 눈물을 닦아주었다. 그리고 선술집에서 나와 차에 올라탔을 때 서로의 몸을 당겨 따뜻하게 안았다.

"리셋을 하고 나면 말이야."

둘은 늘 시키는 어묵과 사케를 앞에 두고 자리에 앉았다. 평소 같지 않게 손님이 많아서 시끄러웠고 둘은 대화에 집중하기 위해 얼굴을 더 가까이 대고 이야기해야 했다.

"어떨 것 같아, 우리 관계에 변화가 있을 것 같아?"

상준은 순간 놀랐다. 리셋이 둘의 연인 관계에 영향을 줄지에 관해서는 따져보지 않았기 때문이다. 상준이 리셋 전후에 특별한 감정 변화가 없었다고 기억하므로 당연히 이어지리라 생각했다.

"그런 일은 없을 거야."

"그렇겠지?"

"나, 날짜가 나왔어. 연말이야."

상준이 주현의 얼굴에 손을 가져다 대고 가만가만 만졌다.

"잘될 거야."

"외로울까?"

"내가 있을 텐데 그럴 리가 없지."

　상준은 리셋을 하기 전에 기억 저장을 취급하는 업체를 찾아가 상의한 적이 있었다. 요즘에는 기술이 좋아져서 두뇌를 스캔하는 방식으로 기억을 저장해두기도 한다고 들었지만 그때만 해도—잔인하게도—구술을 통해 기억을 저장한다고 했다. 원한다면 음성뿐 아니라 동영상으로 남길 수도 있다고. 끔찍한 일이었다. 그런 식으로 유년의 기억을 반복하는 것은. 그에게 유년은, 그에게 유년은…… 지금은 공란으로 남아 뭐라고 말할 수 없지만 불행한 것이었을 게 분명했기 때문이다. 그런데도 상준은 여기 '없는 집'에 올 때마다 주현에게 유년에 대해 묻곤 했다. 처음으로 좋아했던 과목이 뭐냐고, 달리기는 잘했느냐고, 불량식품을 자주 사 먹는 아이였느냐고, 사탕을 많이 먹어서 이가 다 썩기도 하며 보냈느냐고. 상준은 주현의 그런 이야기를 듣는 것을 좋아했다.

"잊어버려야 해."

"뭘?"

없는 집에서 나와 주현은 상준에게 바짝 몸을 붙여 걷다가 말했다.

"내가 말했던 기억들 말이야. 난 다 지웠는데 넌 기억하고 있으면 안 되니까 너도 다 지워, 기억하지 마. 내 앞에서 말하지도 말고."

상준은 그때서야 어쩌면 리셋 이후에 주현이 자신을 피할지도 모른다는 생각을 했다. 자신도 과거를 아는 친구들과 거의 연락을 끊다시피 했기 때문이다. 상준은 주현이 원한다면 기억의 일부를 삭제해주는 업체—불법이기는 하지만—에 의뢰해 그것도 지워보겠다고 했지만 주현은 고개를 저었다. 그러면 다 사라지잖아, 바보야. 우리가 처음 포옹했던 순간의 느낌도 다 사라진다고. 주현은 좀 불안해 보였다. 리셋을 앞둔 사람이라면 다 겪는 혼란이었다.

리셋을 하고 2주간은 센터에서 나오지 못하는 것이 원칙이

었다. 관계자들의 비유에 따르면 기억을 지우는 것은 무언가를 '삭제'하는 것이 아니라 '압착'하는 것에 가까워서 미처 눌려지지 않은 신경의 어느 부분들은 잔불을 정리하듯 다시 작업해 주어야 했기 때문이다. 그런데 그때는 왜 내가 리셋을 신청했는지, 그럴 만한 이유가 있었는지 기억나지 않으니까 당연히 불안이 몰려들었다. 감금처럼 느껴지고 지독히 나쁜 범죄의 피해자가 되었다는 생각까지 들었다. 하지만 그 후 기억의 보정이 끝나면 유년과 관련한 기억들이 꽃이나 풀숲이 마르듯 사라지고 충격을 받았던 인지회로의 부분들이 되돌아오면 일상으로 복귀할 수 있었다. 사람들이 상상하듯 한글을 까먹는다거나 문명 세계에 갑자기 떨어진 원시 부족처럼 생활 규칙을 잊어버린다거나 하지 않았다. 우리의 정신적인 능력이란 유년 시절부터 지금까지 '쌓여오는 것'이 아니라 마치 우주에 별들이 자리 잡듯 우연적으로 '산포되어 있어서' 부분의 상실에도 완전히 무너지지 않았다.

주현도 센터에서 나오자마자 상준의 차에 오르면서 하루 괜찮게 지냈어? 하고 평소처럼 인사했다. 주현의 집으로 가서 둘

은 침대에서 시간을 보냈고 잠에 들려 할 때 상준이 팔을 내밀었다. 주현은 마치 아이처럼 가슴 부근을 가볍게 눌러주는 것을 좋아했기 때문이다. 답답하지 않느냐고 물으면 따뜻하다고 답했다. 그렇게 살짝 덮어주면 그 얼마 되지 않는 무게만으로도 안정감이 드는지 주현은 곧 깊은 잠에 빠졌다. 상준이 팔을 내밀자 주현은 장난스럽게 웃으며 자신의 팔을 감았고 손을 맞잡았다. 대수롭지 않은 변화였지만 상준은 표정이 변했다.

"왜? 달라졌어?"

주현이 눈치채고 얼굴을 굳혔다.

"달라지지 않았어. 언제나 그렇게 손을 잡았어."

그러자 주현은 마음을 놓았고 머리맡에 두었던 책을 집어서 잠깐 읽었다. 어디까지 읽다가 말았는지도 완전히 기억이 난다며 잠들기 전까지 아무것도 달라지지 않았네, 다행이네, 하고 중얼거렸다. 주현은 회사에 가서도 어렵지 않게 업무에 복귀했다. 인사팀에 가서 개인정보 갱신 동의서를 쓴 것 이외에는 다를 것 없는 일상이었다. 주현에게 단편적으로라도 들었던 개인사를 언급하는 주변 사람은 없었다. 리셋인이 사회의 중요한

소수자가 되면서 그들을 어떻게 대해야 하는지도 공유하고 있었기 때문이다. 하지만 그렇게 다를 것이 없어 보이다가도 주현은 문득 느낌이 이상하기는 하다고 속마음을 털어놓았다.

"얼마 전 쇼핑몰 화장실에 들어갔는데 밖에서 아이와 엄마의 대화가 들렸어. 손을 씻기 싫다는 아이와 엄마의 가벼운 실랑이였어. 화장실 칸막이 안에서 대화를 듣다가 이제 나가야 하는데 이상하게 나갈 수가 없었어. 그건 어떤 세계와 완전히 단절되어 있다는 느낌이었어. 문을 열어서 다정한 모녀를 보고 싶다는 마음과 그것을 절대 보고 싶지 않다는 마음이 싸우는 동안 눈물은 걷잡을 수가 없었어."

상준은 그런 변화들을 보면서 마음이 무거워지곤 했다. 리셋인으로서 자신의 삶을 되돌아보게 했기 때문이다. 평소 좋아하던 슬립온 대신 굽이 높은 펌프스를 선호하거나, 좀 더 컬러풀한 옷차림을 하거나, 굽거나 끓이거나 해서 먹는 부산하고 시끌벅적한 저녁 테이블을 싫어하게 되는 것은 그저 취향의 변화처럼 보이기는 했지만 상준은 주현의 밑바닥에서 아주 급격한 변화가 일고 있다는 것을 깨달았다. 주현은 주현대로 자기

가 바뀌지 않았다는 걸 언제나 상준에게 확인하려 들었다. 상준은 때로는 거짓말하고 때로는 사실대로 말해주었는데, 리셋 이전과 같지 않다고 하면 매번 실망했다. 상준과 주현 사이에는 아슬아슬한 긴장이 일었다. 상준의 반응을 보며 현재 모습을 점검하는 주현에게 왜 정답이 있는 것처럼 구느냐고 상준이 화를 내는 일도 있었다.

"얻는 것이 있으면 잃는 것도 있는 거야. 새로운 너를 얻었잖아."

"새롭다는 것을 어떻게 알아?"

"뭐?"

"내가 새로워졌다는 것을 어떻게 알아. 그전의 내가 불확실한데, 알 수가 없는데."

상준이 리셋 이후에 가장 먼저 한 일은 키우던 고양이를 유기한 것이었다. 정확히 말하면 집을 나가는 고양이를 내버려두었다. 리셋 이후에는 왠지 집 안에 그것이 있는 상황을 견딜 수가 없었다. 고양이가 보여주는 애정과 친밀감, 응시가 두렵고 싫었다. 하지만 상준에게는 그 어린 고양이를 데려와 초유를

먹여가며 키웠던 기억이 있었고 버릴 생각은 추호도 없었지만 어느 날 열린 문틈으로 나가는 고양이를 부르지 않았다. 초코, 라고 부르지 않았다. 그저 밖으로 나가는 고양이의 등 돌림을 지켜보고 있을 뿐이었다. 한 시간쯤 지나 상준이 찾으러 나갔을 때 고양이는 영영 사라지고 없었다. 전단지를 붙이고 관리실에 안내 방송을 부탁하면서도 상준은 문득문득 자신이 고양이를 잃어서 슬프고 괴롭다는 것을 연기하고 있음을 깨달았다. 누가 보는 사람이 있어서 연기하는 것이 아니라 자기 자신을 속여야 해서 하는 연기였다. 자신의 마음을 속이기 위해 안간힘을 쓰는 것이었다. 어쩌면 상준은 자신이 주현에게 그 고양이 같은 존재가 된 것이 아닐까, 생각했다. 애정과 애착이 사라졌지만 이미 규정된 관계가 있어서 그 역할에는 충실하고 싶은 존재.

　상준의 권유에 따라 주현은 리셋인들 모임에도 나갔다. 서로가 어려워하는 부분들은 비슷했다. 자기 자신에 대해 확신할 수 없다는 것이었다. 그 불안과 상실을 솔직하게 이야기하다가도 차라리 지우지 않는 편이 낫지 않았을까요, 하고 순간 감정

이 격해진 누군가 말하면 동의하지 않으려 했다. 그러면 정말 모든 것이 무너지는 것이었다. 다만 사람들은 침묵했고 그 사이로 후회와 회한, 분노, 하지만 그렇게라도 안 하면 견딜 수 없었을, 기억나지 않는 자신의 유년에 대한 상념에 빠졌다. 모임 마지막에는 1980년대에 처음으로 리셋을 해 리셋 1세대로 불리는 회장의 말을 듣는 순서가 있었다. 그는 초창기 불안정한 시스템 때문에 저웠던 기억이 되살아난 사람이었는데 이를테면 리셋인이면서 리셋인이 아닌 그 경계에 있는 인물이었다. 그는 "지금이 우리의 최선이었다고 믿어줍시다"라고 마지막 인사를 전했다. 모임이 끝나고 나오면서 주현은 모두들 바보 같아, 라고 말했다.

그다음부터 둘은 모임에 나가는 대신 추억이 깃든 공간들을 찾아다녔다. 고백을 주고받았던 한강의 공원을 찾아가 작은 녹색 전철이 강을 건너는 장면을 지켜보았다. 그 겨울에도 자전거를 타는 사람들이 있었고, 어린 시절 처음으로 탔던 자전거에 대한 기억이 있는지 오래도록 생각했다. 둘이 마주 보며 손을 잡고 최대한 생각해내려 했지만 떠오르는 장면은 영화나 텔레

비전에서 본 아이들의 세발자전거일 뿐 그들의 것은 없었다.

"기술이 좋네, 아주 싹 지웠네."

주현이 농담처럼 말해서 둘은 웃음이 터졌다. 하지만 찬 바람 속에서 그렇게 한참 웃고 난 뒤 상준은 주현이 뒤돌아 슬쩍 눈물을 닦는 장면을 보았다. 자주 가던 카페에서 전에는 전혀 좋아하지 않던 롤케이크를 사 먹거나, 같이 봤지만 주현은 별로 재밌어하지 않던 영화들을 이번에는 재미있게 봤다. 두 사람이 함께 좋아했던 정동의 길을 걸으면서 상준은 주현이 이 중 하나의 가로수 밑에서 했던 포옹을 기억해주기를 바랐지만 주현은 그 밑에 서기는 했어도 그 얘기를 꺼내지는 않았다. 어떤 이유에서건, 아마도 유년의 무엇을 지우는 사이, 그것도 사라진 것이었다. 주현은 다만 겨울을 견뎌야 하는 나무의 바싹 마른 겉껍질, 미처 떨구어내지 못한 낙엽들이 위태롭게 흔들리는 가지를 올려다보며 죽은 것은 아니겠지, 중얼거렸다.

"나무는 꼭 그렇지 않아? 이렇게 겨울을 견디는 동안에는 살아 있는 것과 살아 있지 않은 것의 경계에 놓인 것 같아."

그리고 부암동의 '없는 집'에 다시 갔을 때는 겨울도 지나

3월이 되어 있었다. 테이블은 만석이었고 사장이 요리를 하다 말고 나와, 기다려야 한다며 미안해했다. 둘은 문간에 서서 메뉴판을 들여다보며 안주를 골랐다. 주현이 좋아하던 어묵탕 대신 꼬치 요리를 골랐지만 상준은 아무 내색도 하지 않았다. 주현은 낯익기는 한데 자신들이 자주 오던 곳이냐고 물었다. 많이 취해서 왔었나, 잘 기억이 나지 않네. 상준은 가끔 왔다고 말했지만 자리가 나서 앉자마자 사장이 오랜만이네요, 왜 그동안은 뜸하셨어요, 하고 묻는 바람에 거짓말이 탄로 나고 말았다. 주현은 화를 내는 대신 얼굴을 좀 찡그리듯 웃었고 사실 나는 꼬치도 좋아하지 않았지? 하고 물었다. 이번에는 상준도 고개를 끄덕여주었다.

주현은 새롭게 이사 갈 집의 리모델링에 대해 설명하며 아주 큰 책장이 있으면 좋겠다고 말했다. 상준이 저런 것 같은, 이라고 말하며 뒤를 가리키자 돌아보더니 아니, 저건 너무 오래됐잖아, 했다. 상준은 그런 주현의 얼굴과 누군가의 인생이 모두 모인 듯한 책장을 번갈아 보며 이제 주현의 것은 아닌, 오직 자신만 기억하고 있는 주현의 유년을 떠올렸다. 주현의 죽

은 엄마가 집에서 해주었던, 오븐이 없어서 프라이팬에 해주었던 그 밀가루 도우가 너무 두껍던 피자에 대해, 아버지를 피해 주현의 손을 잡고 집에서 나간 엄마가 공중전화에서 이 사람 저 사람에게 전화를 걸어 하룻밤 잘 수 있니, 라고 물었던 밤에 대해.

주현은 일곱 살이었는데 그때 엄마가 나가면서 다행히 자신을 버리지 않고 야무지게 겨울 모자까지 씌워 데리고 나갔음을 똑똑히 기억하고 있었다. 사람들에게 모두 거절당하고 나서는 안 되겠다, 하면서 아무 막차나 집어타고 가닿은 어느 동네 가장 처음 보이는 모텔에 들어가서 자신을 꼭 끌어안고 잤다는 것도. 그런 이야기를 하고 나서는 엄마는 무얼 위해서 버텼을까, 묻곤 했다. 왜 버텨야 했을까, 어떻게 버텼을까. 이제 주현은 그렇게 버텼던 시간에 대해서 정말 아무것도 느낄 수 없는 것일까. 리셋이 완전한 상실이 아니고, 그러니까 다 말라서 고사되는 것이 아니라 간신히 어떤 힘으로 눌려 있는 것이라면 주현의 마음에 아주 미약하게나마 신호를 보낼 수 있는 것이 아닐까. 하지만 상준은 그것을 바랄 뿐 이야기하지는 않았다.

대신 자신이라도 주현의 그 시절을 분명히 기억하고 싶었다.

계산하고 나오려는데 주현이 책장 앞을 서성였다. 이제 완전한 구판이 되어버린 책과 문제집, 만화책 들뿐이었는데 사장이 주방으로 간 틈을 타서 주현이 작은 책을 하나 코트 안으로 숨겼다. 그리고 문을 열고 나와서 빠르게 골목을 빠져나왔다. 찰스 디킨스의 『올리버 트위스트』였다.

"왜 그래? 그 헌책을 뭐 하려고?"

"한번 펼쳐보지도 않는 것 같던데 어때? 사라진지도 모를 것 같던데. 책도둑은 도둑도 아니라잖아."

그렇게 말하면서도 주현은 문득문득 뒤돌아보기는 했다. 주현의 집으로 간 상준이 씻고 나왔더니 주현이 책장 앞에 우두커니 서 있었다. 상준이 부르자 주현은 어, 하고 뒤돌아서서 옅게 웃었다. 그러고는 책장에 비슷한 책이 또 있다며 가리켰다. 주현이 오늘 집어 온 책처럼 동일하게 낡고 오래된 문고판 『장발장』이었다. 상준이 미처 모르는 어느 날 '없는 집'에서 가져와 자기 책장에 꽂아둔 모양이었다. 어떤 마음으로 주현이 그랬는지는 이제 알 수 없게 되었지만 주현은 책을 집어다 침대에서

읽었다. 누군가 낙서를 하고 아이스크림 물인지 주스인지 모를
것을 쏟아놓은, 스토리는 압축하고 우스꽝스러운 삽화들로 페
이지를 채워놓은 그 소년소녀세계문고의 시리즈를.

그 여름 아케이드

영현은 회사 사람들과 점심 먹고 싶지 않았다. 먹고 싶지 않다, 정말 먹기가 싫어, 생각하다 보면 무엇보다 점심을 먹으면서 나누게 될 대화가 상상되면서 신물이 났다. 상사들이라도 껴들면 그들 집집마다의 사정에 귀 기울이고 적절히 응대해주어야 하는 것이 피곤했다. 맞아, 안 맞아, 내 말이 맞지 않아? 하며 동의를 구하는 상사의 목소리가 커져가다 보면 이내 반주 한잔 하지 뭐, 하면서 술이 돌고 이 끔찍한 더위에 원치도 않는 한잔을 꺾어야 하는 상황이 벌어지는 것이었다. 그러고 식당을 나오면 습하고 유난히 고온인 이 여름의 자비 없는 열

기가 아무리 떼어내려고 해도 당최 떨어지지 않는 옛 애인의 부담스러운 애착처럼 모두를 감싸고.

여름 따위 얼른 가버리라고 영현은 여름 내내 중얼거렸다. 열기가 모락모락 올라오는 아스팔트를 고행하듯 걸으면서 겨울에 예약해놓은 삿포로행 비행기표를 떠올렸다. 삿포로의 TV타워와 삿포로의 수프 카레점, 삿포로 청의 호수와 삿포로의 오르골당, 그 모든 것은 흰눈에 덮여 있고 공기는 차갑고 무거울 것이었다. 그리고 무엇보다 영현은 혼자일 수 있겠지. 오직 눈송이들만이 영현의 어깨에 머물렀다가 녹거나 흩어질 것이었다. 하지만 아직 연말 휴가는 넉 달이나 남았으니까 당장 오늘, 12시부터 시작되는 점심시간을 어떻게 혼자 개별적으로 독립적으로 보낼 수 있을까 고민했는데, 과장이 "오늘 점심에 염 피디 오는 거 알지? 메뉴는 정했나?" 하면서 약속을 상기시켰다.

염 피디는 하반기 프로젝트를 함께하기로 한 외부 기획자였다. 몇몇 인상적인 전시를 런칭한 그는 듣기에는 성격이 원만하지는 않았지만 꽤 능력 있는 기획자로 알려져 있었다. 굳이 갑

을을 정한다면 그가 갑이었고 함께 일하고 싶어 하는 영현네 팀은 을이었다. 영현이 아무리 혼자이고 싶어도 약속에 빠지기는 뭣하다는 말이었다.

이윽고 정오가 되자 여름 날씨에도 스카프를 목에 칭칭 감은 염 피디가 찾아왔다. 사무실에 가만히 들어와 기어들어갈 듯한 목소리로 인사했기 때문에 복사기가 맹렬히 돌아가고 있던 사무실 사람들은 인기척을 느끼지도 못했다.

"저 왔습니다, 염동현이에요."

안 되겠는지 영현의 파티션을 두드리면서 그가 말을 걸었고 그때까지 나가기 싫다, 밥 먹기 싫어, 생각하고 있던 영현은 자리에서 일어나 "어멋, 피디님!" 했다.

식당을 예약하기 전이라 영현은 염 피디에게 혹시 먹고 싶은 것이 있느냐고 물었지만 이 경우 정말 자기가 먹고 싶은 걸 대지는 않기 때문에 영현은 머릿속으로 적당한 소바집이나 스파게티집, 깔끔한 비빔밥집 등을 이미 떠올리고 있었다. 하지만 염 피디는 영현이 묻자 고심하기 시작했다. 사람들이 컴퓨터를 끄고 지갑과 휴대전화를 챙겨 들고 가벼운 웃옷을 꺼내 든 이

후에도 고민은 끝나지 않았다. 사람들이 나갈 준비를 다하자 마치 타이머가 장착된 폭탄을 든 것처럼 한눈에도 초조함이 어린 얼굴로 영현이 잘못 보지 않았다면 얼마간의 진땀마저 흘리면서 숙고의 시간을 이어가다가 지하에 아케이드가 있지 않나요, 하고 물었다. 빌딩 지하에 모여 있는 이른바 '음식 백화점' '먹자 골목'에 가서 메뉴를 골라보자는 얘기였다.

　그렇게 해서 영현 일행은 엘리베이터를 타고 내려가 그 좁고 붐비는 지하 아케이드 상가를 돌아다니기 시작했다. 다닥다닥 붙은 식당들에서 뿜어져 나오는 조리와 식사의 열기, 웅 하는 환풍기 소음만 들어도 충분히 상상되는 열풍, 거기에 뚝배기에 담긴 삼계탕과 추어탕, 설렁탕과 선지해장국, 1인분의 닭볶음탕을 이열치열의 정신으로 맹렬히 비우고 있는 사람들의 열의까지 가세해 아케이드는 부글부글 끓고 있었다. 그러지 않으면 도무지 힘이란 걸 낼 수 없으니까. 충전되지 않으면 업무상 전화를 제때 받을 수도, 마우스를 톡톡 클릭해 전자결재를 올릴 수도, 커피 타임을 빙자한 면담에 끌려가 한 줄 갱생의 의지를 표명할 수도 없다. 그러니까 그런 '먹는 행위'에 담긴 생의 결기

까지 계산한다면 아케이드에는 도무지 셈할 수 없는 엄청난 열기가 뿜어져 나오는 것이었다.

영현은 덥네, 더워, 손부채질을 하면서 붐비는 복도를 걷다가 또다시 이런 것들을 상상했다. 빙벽과 빙산, 얼어붙은 호수, 얼음의 결정이 크리스털처럼 반짝이는 삿포로의 나뭇가지들. 그곳은 철제 문틀에 낀 기름때와 먼지가 매달려 있는 여름의 지하 아케이드와는 비교가 되지 않게 모든 것의 온도가 낮을 것이었다. 정말이지 오로지 혼자 산뜻하게 고립될 수 있으리라.

염 피디는 식탐이 많은지 아니면 식욕이 없어 뭣 하나 입에 넣을 만한 걸 찾기가 어려운지 아케이드를 돌며 시간을 끌었다. 식당 앞을 지날 때마다 다양한 음식 냄새가 코를 자극했고 치킨을 먹을까요, 점심에 치맥을, 하다가도 일행들이 그래요, 피디님, 점심엔 역시 치맥이죠, 뭘 아시네요, 하면 아니, 아닙니다, 하면서 허둥지둥 지나쳐 생선구이가 좋겠네요, 가볍게 삼치나 꽁치는 어떨까요, 했다. 그래서 영현 일행이 그렇죠, 맛집입니다, 확실히 고르셨네요, 하면 아니, 비린내가 심할까요, 제가 다음에 강의가 있거든요, 하면서 그냥 지나쳤다.

"피디님, 여기 어떤가요? 샤부샤부 말이죠. 양고기."

15분 정도 끌려다니던 과장은 염 피디에게 엄지손가락을 치켜올려 보이며 강력하게 권했다. 그 식당은 아케이드에서도 그나마 접대 느낌이 나는 곳, 통유리로 되어 있고 테이블 간격이 비교적 넓어 프라이버시가 어느 정도 지켜지는 장소였다. 하지만 염 피디는 고개를 저었다.

"저는 양고기를 먹지 않습니다."

"양고기를 안 드세요? 아니 그 맛있는 걸."

"그렇게 먹는 고기 종류를 늘리지 않는 것이 제 원칙이에요."

염 피디는 단호했다.

"최소한의 양심이지요."

"그러면 소고기 샤부샤부도 있어요, 피디님."

손수건으로 땀을 찍어내며 이번에는 영현이 권했다.

"저는 물에 적신 고기는 먹지 않습니다."

"아니, 왜요? 그거랑 양심이랑은?"

"그냥 취향이에요."

그렇게 해서 염 피디가 선택한 메뉴는 일본식 돈가스였다.

돈가스집 이름에 미치도록 맛있다는 뜻으로 '크레이지'라는 단어가 붙어 있어서 영현은 지금까지 이 더운 아케이드를 끌려다닌 자신의 심정을 제대로 반영하고 있다고 생각했다. 일행들은 앉아서 그제야 제대로 통성명을 하고 앞으로 잘해보자든가 여름 동안 휴가는 다녀왔느냐든가 하는 친교를 위한 최소한의 대화에 돌입했다. 염 피디도 얼굴이 좀 편안해지면서 지금 자기가 관심을 가지고 있는 비디오아트 전시라든가 휴가에 다녀온 나오시마섬 여행에 대해 얘기했다.

잘 나가던 대화가 꼬이기 시작한 건 영현이 무심코 중얼거린 말 때문이었다. 달걀 파동에 관한 뉴스에 좁은 양계장이 자료 화면으로 등장했고 영현이 무심코 저렇게 다닥다닥 붙여놔서야 살 수 있겠어, 미치지, 살 수가 없지, 한 것이다. 그러자 지금 자기네 집에 있는 달걀은 안전할지 알 수가 없다는 둥, 김밥집에서 원한다면 달걀을 빼고 싸주겠다고 했다는 둥, 그런데 달걀 없이 그게 김밥이냐는 둥 하는 대화가 오갔는데 문득 공장식 축산업을 비판적 주제로 삼은 유명 감독의 영화 얘기로 화제가 번져나갔고 거기 나오는 돼지의 이름을 부르며 미안하

다, 그걸 보고 돈가스를 먹으러 왔네, 제주산 생등심으로 만든 돈가스네, 하는 자조적인 농담이 오가다가 문득 밥상머리에서 늘 좀 고약한 대화를 주선해온 과장이 자신의 외국 출장 얘기를 꺼냈다. 어느 로컬 식당에 현지 바이어가 초대해 갔더니 우리로서는 먹을거리로 삼기 어려운 다양한 동물이 있는 곳이었단다. 그래도 무난하게 오리쯤으로 식사를 이어가고 있는데 유리 진열장에 있는 뱀이 눈에 들어왔고, 도시에서 자라 뱀을 제대로 본 적 없는 과장은 뱀 눈이 너무 고요하고 맑아서, 그리고 인상적이리만치 또렷한 검정색이라서 시선을 떼지 못했는데 갑자기 바이어가 자신이 그것을 먹고 싶어 하는 줄 알고 종업원을 불러서 그 뱀을 가리켰고…… 이윽고 요리가 되어 나왔다. 비즈니스니까 안 먹을 수는 없었다고, 자신의 열렬한 호감 때문에 더 오래 살지 못한 케이지의 뱀을 떠올리면 좀 착잡했지만 알고 보니 그게 그렇게 비싼 값의 요리였고, 그러니까 비즈니스에서는 성공한 셈 아닌가 싶었다는 것이다.

영현을 포함한 직원들이 더 이상 듣고 싶지 않다는 여러 겹의 부정적 의미를 담아, 아이고오허억, 하며 오묘한 탄식을 했

고 염 피디도 미간을 순간적으로 찌푸렸다. 그리고 눈에 띄게 침울해지더니 컵을 꼭 붙든 채 맥주를 홀짝홀짝 마셨다.

"고기 사러 갔어요? 왜 이렇게 안 나옵니까?"

영현의 동료 중 하나가 테이블의 침묵을 이기지 못해 괜히 주방을 재촉했다.

"네네, 제주에서 이제 돼지 잡아다 곧 튀깁니다."

오픈 키친에 서 있던 주방장이 그렇게 말하자 모두는 전보다 더 할 말을 잃었다.

그날 염 피디는 돈가스에 포크 한번 찌르지 않고 그 집 자랑인 히말라야 암염을 이따금 샐러드에 쳐가며 식사를 마쳤다. 소금통의 몸통을 비틀면 암염이 갈리면서 소금 알갱이가 푸릇푸릇한 채소 위로 떨어져 내렸다. 염 피디의 돈가스는 동료들이 나눠 먹었지만 영현도 입맛을 잃어서 나중에는 생맥주만 들이켰다. 그렇게 염 피디와 영현이 음주에 열중하자 늘 반주를 권장하는 과장은 그것이 뭔가 이 접대에 흥성스러움을 더한다고 생각했는지 이왕이면 삿포로 맥주로 하라고, 하면서 주종을 업그레이드해주었다.

그날 무엇이 염 피디의 비위를 상하게 했는지, 과장이 떠들어댄 그것의 비극적 운명이었는지 아니면 지하 아케이드를 돌면서 조리고 볶고 튀긴 갖가지 식자재의 냄새를 너무 맡아서 입맛이 떨어졌는지, 영현이 중얼거린 닭들의 수난 때문인지, 프로젝트 자체가 내키지 않았는지 모르지만 그는 시종일관 시들시들하고 열의 없게 식사를 마치고 영현 일행을 만나기 전보다 더 기운 없는 몸짓으로 안녕을 고하고 사라졌다. 미팅의 성과는 미미해 보였다. 빌딩 밖까지 배웅을 나갔던 영현은 늦여름이 다 되었는데도 이렇게 참을 수 없이 덥고, 1분이라도 서 있으면 얼굴이 까맣게 탈 것처럼 햇살이 쏟아지는 건 뭔가 잘못되었다고 생각했다. 영현이야 한 끼 식사를, 그 숙성된 제주산 돼지고기를 거부할 정도로 세상의 윤리와 누군가들의 복지에 예민하지는 않지만 세상은, 아니 적어도 이 여름은 미쳐 돌아가고 있다고, 그러고 보니 모두들 조금씩 취해 있지 않으면 견딜 수가 없는 여름이라고.

미국식 홈비디오

에어비앤비에서 '리버하우스'라는 이름으로 불리는 내 집에
한 달 가까이 머물겠다는 사람은 매튜가 처음이었다. 하지만
오기도 전에 나는 매튜가 보통 사람이 아니리라고 예감했는데,
메신저로 질문을 너무 많이 했기 때문이다. 집 상태에 대한 잡
다한 질문들을 이모티콘 하나 없이 진지하게, 마치 내 집을 측
량이라도 할 듯이 보내왔다. 자기가 있을 방과 내 방의 거리를
물어서 나는 허리 사이즈를 재는 다이어트 줄자로 여러 번 측
정해 합산한 다음 미국 단위로 변환해 16피트라고 친절하게 알
려주어야 했다. 그러자 매튜는 그 정도면 소음이 적절히 차단

되는지를 물었고 내가 그게 무슨 뜻이냐고 하자 예를 들어 자기 방에서 헤이, 하고 불렀을 때 내 방에서 들리느냐고 했다.

그런 건 직접 해봐야 알 수 있으니까 내 방에 녹음 기능을 켠 휴대전화를 두고 매튜가 머물 방으로 와서 헤이, 하고 불러봤다. 고저와 장단을 달리해서 여러 번 반복했더니 강도를 1부터 5단계까지 나눈다면 한 3단계 정도에서는 똑똑히 들리는 것 같았다. 소음은 주변 환경의 영향을 받으니까 인접해 있는 시장이 가장 북적대는 오후 3시와, 시장이 문을 닫고 조용해지는 밤 10시에 다시 측정했다. 방과 방 사이를 오가면서 헤이, 헤이, 하고, 혹시 이 장기 투숙객을 유치하기 위해 성량 조절을 하고 있지 않나 싶을 때는 더 힘을 줘서 내 안의 그런 비즈니스적 욕구를 떠나 정말 매튜가 있을 방과 내 방의 거리가 적절한가 알기 위해 소리쳤는데, 나중에는 먹고살자고 이런 짓까지 해야 하나 싶은 자괴감이 밀려왔다. 테스트를 마치고 나서는 정작 투숙하고 나서 문제를 삼을까 싶어 녹음 파일 그대로 매튜에게 전송했다. 마침내 숙소에서 제공하는 우유는 무지방으로 부탁한다는 답신이 오고 78만 5000원이 결제되자 나는 노

곤한 성취감을 느꼈다.

에어비앤비 투숙객들에게 나는 직접 작업한 동네 지도를 제공했다. 어디 가면 제주산 흑돼지 삼겹살을 팔고 어느 할머니의 빈대떡이 가장 맛있으며 외국인에게도 거부감 없을 마일드한 순댓국을 어디서 먹을 수 있는지, 혹은 현지인도 약간의 각오를 해야 하는 들깨와 산초가 잔뜩 든 순댓국과, 설렁탕에 가까운 매끈한 맛을 내는 체인점 순댓국의 차이는 무엇인지 같은 깨알 정보를 담은 지도였다. 당연히 펍이나 이자카야도 지도에 있어야 했다. 최근 젊은 자영업자들이 모여들면서 소개할 술집도 점점 늘어났지만 안타깝게도 투숙객들이 가장 선호하는 음주 장소는 다름 아닌 한강 둔치였다.

일부 추운 나라에서 온 여행객들은 북극 한파가 몰려온 1월에도 한강에 나갔다. 슈퍼에서 소주를 사서 성산대교의 아련한 조명을 바라보며 술을 마셨다. 꽁꽁 얼어 더는 흐르지도 물결치지도 않는, 차갑게 얼어붙은 빙판 위로 도시의 불빛과 어둑한 실루엣들이 마치 스탬프가 찍힌 듯 고정되어 있는 스산

한 풍경과 함께. 그때는 너무 추워서 자고 일어나면 창문이 얼어 열리지 않을 정도였다. 나는 자정이 넘어도 오지 않는 그 추운 나라의 여행객들을 기다리다 "괜찮니?"라고 문자메시지를 보내거나 정 염려스러우면 직접 한강에 나가봤다. 텅 빈 둔치에는 컬러가 진한 패딩점퍼를 입고 남대문이나 명동에서 구입했을 '금방 제대' '강심장' '큰이모' '유부남' 같은 한글이 쓰인 모자를 나눠 쓴 외국인들이 앉아 있었다.

그렇게 한강에서 돌아와 티백으로 우려낸 보리차를 내놓으면 투숙객들은 동굴 속 곰처럼 흐뭇해졌다. 내일은 술을 먹지 않을 거야, 말하기도 했다. 오늘 충분히 마셨기 때문이지. 어땠어, 즐거웠니, 즐거웠지, 우리는, 마셨거든 한강을, 한강을 어떻게 마셨어, 애초에 마시면 안 되지만 얼어서 움직이지 않잖아, 병으로 마셨지, 투명한 술병을 들어서 술의 눈금을 한강의 수위에 맞추면 꼭 한강을 마시는 기분이더라, 그런데 상구 넌 왜 에어비앤비를 하지, 이렇게 들락거리는 여행객들은 너를 좀 피곤하게 하지 않아? 그러면 나는 내게 한 질문도 질문이지만 무엇보다 그 친구들이 소주를 마치 맥주나 소다 음료처럼 병째

마셨다는 사실에 놀라면서 아니, 나는 이 일을 좋아해, 라고 말했다. 집이라면 찾아오는 사람이 있어야지, 그리고 알잖아, 서울은 집값도 비싸고, 너는 이루었지 젊은 나이에 집을 샀잖아, 맞아, 그래서 나는 이걸 사기까지 한 번도 외국 여행을 가지 않았어, 집을 사고 작년에 도쿄에 간 것이 처음이었지, 어땠어! 멋지지! 도쿄! 후지산! 아니, 나는 집에 얼른 오고 싶던걸, 맞아, 집이 최고지, 이제는 병으로 소주를 마시지는 마, 왜, 상구 왜, 잔으로 마셔봐, 술잔의 양을 잘 맞춰서 먹어봐, 언제나 반 잔이 모자랄 거야, 왜 그런 건데, 집으로 돌아가야 하는 자들의 운명이지, 아무래도 집이 아니니까 그렇게 조금은 모자라야 맞지, 그러면 집에서 마시면 모자라지 않아? 그렇게 누군가 놀라서 물으면 나는 모자라지, 하는 말로 이 농담을 서서히 끝냈다. 그러면 바로 침대에 가서 한숨 자면 돼.

하지만 매튜에게 이 얘기를 했을 때 돌아온 것은 나는 술을 먹지 않는다, 라는, 영어에도 한국어의 궁서체 느낌이 있다면 아마도 이태리 필기체에 가까울 진지한 거부의 표현이었다. 그것이 단지 술뿐 아니라 모든 유흥에 해당하는 것임은 얼마 지

나지 않아 알게 되었다. 매튜는 투숙객들이 모두 요긴하게 쓰는 나의 멋지고 독특하며 상세한 안내도에 관심이 없었고, 관광을 나갔다가 두 손 가득 쇼핑한 물품들을 사들고 오는 경우도 없었다. 꾸준히 외출을 하기는 했다. 티셔츠와 밀리터리 점퍼 그리고 청바지 차림으로 색을 메고 차분하게 나갔다가 차분하게 돌아왔다. 피로감도 없었다. 원래 여행자라면 여행의 기쁨과 흥분을 발산하느라 어쩔 수 없이 소진되어 좀 불쾌하게 돌아오게 마련이지만 그에겐 그런 감정의 변화라고 할 만한 것이 없었다. 집에 와서는 운동화를 가지런히 놓고 트레이닝복으로 갈아입은 다음 이 집에서 무료로 제공하는 시리얼을 무지방 우유와 함께 먹었다. 호랑이 기운을 내게 해준다는 유명한 미국 브랜드의 시리얼이었지만 그 구운 곡물의 어떤 성분도 매튜에게는 용기랄까 기운이랄까 활기를 가져다주지 못할 것 같았다.

그러고 나면 매튜는 바로 싱크대로 가서는 우리처럼 스펀지에 세제를 묻혀 박박 닦지 않고 세제를 묻히는 둥 마는 둥 두어 번 수돗물과 세제 사이를 오가다 흥건한 물을 털지도 않고

설거지를 끝냈다. 저렇게 기력 없고 시큰둥한 동작과 태도는 아무래도 마음에 걸려서, 모든 투숙객의 개성과 프라이버시를 존중해야 하는 에어비앤비 호스트임에도, 하지만 어쩌면 말 그대로 호스트니까 투숙객을 살필 의무가 있다고 스스로 위안하며 어느 저녁 나는 매튜의 방 문을 조심스럽게 두드렸다. 저녁을 먹으러 나가자고 했다.

집을 나서면서 나는 선택 가능한 저녁 메뉴를 최대한 다양하게 설명했다. 매튜는 동양계가 분명했지만 한국계인지 중국계인지 짐작이 가지 않았고 한국에 왔으니 유명한 음식들을 다 섭렵해보겠다고 의지를 불태우는 다른 여행객들과는 분명 차이가 있었기 때문이다. 다 싫고 어디 가서 스테이크나 피자를 먹겠다고 해도 놀라지 않으리라, 선택을 존중하리라, 이런 걸 먹어봐, 라고 권하지 않으리라 다짐했는데 매튜는 미역국이 먹고 싶다고 했다.

"미역국은 매튜, 어떻게 알아?"

"유튜브에서 봤어, 한국 소개하는."

하지만 상권이 발달해 있는 이 동네에도 미역국을 메인디시로 파는 식당은 없었다. 겨우 떠올린 건 합정아파트라는 30년은 넘은 듯한 오래된 주상복합 건물에 있는 백반집이었다. 다섯 테이블밖에 없고 홀과 부엌이 벽으로 분리되지 않아 고상하게 말하자면 오픈키친은 오픈키친인데, 그쪽을 마주하고 밥을 먹고 있으면 화구의 시커먼 때나 입구부터 말아놓았지만 히들히들 풀려서 사실상 개봉 상태인 조미료 봉지, 환기를 위해 열어놓은 뒷문으로 보이는 불투명 창의 화장실 등이 번번이 마음에 걸리는 식당이었다. 그런데도 자주 찾는 이유는 모든 찌개류가 6000원이고 밑반찬이 맛있는 데다 주말 오전에도 문을 열어 만만하게 찾아갈 수 있기 때문이었다. 그러면 만만한 식당의 그 만만한 결이 흐뭇하고 편안해서 아침부터 취해버린 옆 테이블의 늙은 남자들이 소주를 마시고 있다가 문득 모기가, 하고 말하는 걸 듣게 되기도 했다.

모기가 대단해.
모기가 대단하다니?

모기가 엘리베이터를 타고 올라온단 말이지.

엘리베이터를 탄다고?

타고 온다니까, 35층 공사장까지.

똑똑하네.

똑똑해, 나보다 나아.

그런 소리를 말어.

나보다 낫다니까.

어떻게 모기가 자네보다 나은가. 그렇게 너무 자기를 비하하면은 안 돼.

안 되지.

그래, 모기는 모기고 당신은 당신이지.

백반에는 늘 미역국이 나왔다. 나는 매튜를 안내해 이왕이면 이색 숍이 많은 '망리단길'을 거쳐 식당에 가보기로 결정했다. 매튜의 침묵이 버거워서인지 첫걸음을 떼면서부터 나도 모르게 떠들기 시작했는데 이내 매튜가 "좀 조용히 해주면 안 될까?" 하고 물었다. 동영상을 찍어야 한다는 말이었다.

"그러면 내가 너를 찍어줄게. 여태껏 혼자 다니느라 네 모습은 찍히지 않았잖아."

매튜는 거절했다. 그리고 프레임 안에 행인들의 얼굴이 들어오는 게 싫은지 어쩐지 휴대전화를 45도쯤 아래로 향하고 거리를 촬영했다. 그런 각도라면 보도블록의 무수한 껌자국이나 울퉁불퉁하게 튀어나와 있는 가로수 뿌리, 걷는 사람들의 발동작이나 찍힐 것 같았다. 혹시 다시 보지도 않을 장면을 찍는 것이 아닐까 생각했지만 자기가 좋다는데 어쩌랴 싶었다. 아무 말 않고 걸으니 나도 산책이나 나온 기분이었고 나중에는 매튜와 함께 걷고 있다는 사실도 잊고 앞서가 있을 정도였다.

식당에서 매튜는 자기 앞에 놓인 미역국, 그 푸르고 미끈하고 소고기를 넣어 기름이 둥둥 떠 있는 수프를 유심히 관찰했다. 길이를 재보려는지 미역을 죽 들어보기도 했다. 그날따라 미역은 단 한 번도 잘리지 않고 아주 당당하게, 이국에서 온 여행자에게 미역의 맛을 제대로 보여주려는 도전적인 의도가 있는 것처럼 길었다. 매튜는 미역을 들었던 젓가락을 내려놓고 이번에는 블록처럼 네모나게 잘린 소고기 조각들을 살펴보았다.

국그릇을 장악하고 있는 미역 사이에서 건진 살점들을 스테인리스 밥뚜껑 위에 놓았다. 나는 그런 매튜의 행위를 멍청히 지켜보다가 문득 "대단해!" 하고 소리쳤다.

"뭐가?"

매튜가 느닷없다는 듯 의아하게 물었다. 나는 실제 생각보다 오버하고 있는 건가 싶어서 잠깐 머뭇거렸다. 하지만 매튜가 진지한 표정으로 내내 바라보고 있었기 때문에 곧 이렇게 선언했다.

"젓가락으로 뭔가를 집다니, 나는 여태껏 그런 외국인을 본 적이 없어."

"이게 그렇게 대단한가?"

"당연하지. 그렇게 집는 건 한국인도 잘 못하는 거야."

식당에서 나오자 당산 철교를 건너 지하철역으로 들어가는 전철 소리가 들렸다. 그것은 이 도시 지하에 자리하는, 깊이를 헤아릴 수 없는 빈 공간 쪽으로 맹렬히 향하다가 먼 기적이 되어 멈췄다. 매튜는 나에게 먼저 집에 가 있으라고 했다. 자기는 어디 들를 데가 있다는 거였다. "그래, 매튜, 너도 서울의 밤을 혼자 즐겨보고 싶은 것이지? 다만 취객은 조심해. 아무리 서울

이 안전하다 해도 밤은 밤이니까. 밤에는……" 하고 내가 당부를 시작하자 매튜는 말이 끝나기도 전에 "알았어, 상구" 하고는 횡단보도를 건너 맞은편 종합쇼핑몰 안으로 사라졌다.

그 뒤로 우리는 특별한 일이 없으면 함께 식사를 했다. 외주 편집 작업을 하는 나는 웬만하면 집에 있었고 매튜는 여행을 오기는 했지만 외출에 별로 흥미가 없는 편이라 왠지 동거인이 된 듯한 기분이었다. 메뉴는 으레 매튜가 골랐고 몇 번 다른 식당을 가보더니 이내 백반집으로 방향을 정했다. 매튜의 생활에는 그런 질서가 중요한 듯했다. 그러니까 한번 정해지면 늘 그렇게 하는 것. 안정, 균등, 루틴과 패턴 같은. 물론 백반집을 가더라도 메뉴를 바꾸기는 했다. 거기 사장님은 뭔가를 허투루 낭비하지 않는, 한국인 특유의 효율과 절약, 속전속결, 단축에 일가견이 있는 분이라 메뉴판에도 '김치찌개' '된장찌개'가 아니라 '김치찌' '된장찌'까지만 써놓았는데 매튜가 그런 좀 키치적이고 맞춤법 파괴적인 현장을 들여다보면서 거기에 쓰인 한국어를 이해하려 할 때 나는 난감해지는 느낌이었다. 여기만

이렇게 줄기차게 와서 대체 한국에 어떤 인상을 받고 가겠는가 싶었다. 막상 음식이 나오면 그다지 맛있게 먹지도 않으면서 매튜는 외출에 계속 열의를 보였다. 그래도 거리 두기는 확실해서 내가 은근슬쩍 "매튜는 결혼했어? 혹시 가족 중 한국인이 있어?" 물어보면 그런 개인적인 질문은 사양한다, 선을 그었다.

어느 날에는 자전거를 타고 가기도 했다. 시에서 설치한 대여용 자전거일 뿐이었는데도 매튜는 라이딩을 즐거워했다. 자전거 이름이 '따릉이'라고 알려주자 버튼이 눌려진 것처럼 따릉이, 따릉이, 하고 박장대소했다. 그렇게 앞서거니 뒤서거니 자전거를 타고 달려가다가 나는 매튜의 이런 흥얼거림을 들었다. 따르릉따르릉, 비켜, 나이세요, 따르릉따르릉, 비켜, 나이세요. 나는 가사가 틀렸다고, 거기에서의 '나'는 '너 그리고 나'의 '나'가 아니라서 그런 말을 붙이면 안 된다고 정정해주려다가 그냥 모른 척했다. 지금 벨을 울리며 서울을 달리고 있는 것이 누구도 아닌 매튜, 바로 '나'라는 사실은 틀리지 않았으니까.

하지만 그렇게 괜찮은 식사 시간을 보내고 나서도 매튜는 집으로 돌아갈 때면 "상구, 먼저 가" 하고 돌아섰다. 대체 왜 그러

는 건가, 식후 끽연을 하듯 미국인에게 그런 고독의 시간은 필수인가 궁금했던 나는 그러면 안 되지만, 매튜가 그렇게 지키고 싶었던 프라이버시의 선을 넘는 것이지만 대체 어디로 가나 뒤를 밟았는데, 매튜는 쇼핑몰 2층 맥도널드로 올라가 햄버거를 주문하고 앉아 있었다. 그리고 빅맥이 나오자 수저는 필요 없이 손으로 들고 우적우적 씹으며 정작 입맛에 맞지 않아 백반집에서는 채울 수 없었던 허기를 메웠다.

리버하우스 사상 가장 조용하고 개성적이며 오래 머물렀던 매튜는 마지막 날 새벽 얼리 체크아웃 메모를 남긴 채 미국으로 돌아갔다. 청소를 하기 위해 방으로 들어가보니 이미 매튜가 구석구석 해놓은 뒤였다. 쓰레기통마저 잘 비워 물로 씻은 다음 엎어놓았다. 나는 매튜가 그런 성의를 보여준 것이 뭐랄까, 이 방을 그저 머물다 떠나는 숙박 장소가 아니라 자기가 정리하고 관리해야 하는 공간의 목록에 넣은 것 같아 인사도 없이 간 일이 서운하지 않았다.

매튜에게서 소식이 들려온 건 한 계절이 지나고 나서였다.

여전히 나는 에어비앤비를 보고 문의해오는 투숙객들에게 답변을 달아주거나 비장의 안내 지도에서 그새 문을 닫아버린 숍들을 골라내면서 하루하루를 보냈는데 매튜가 준 별점과 리뷰가 사이트에 올라왔다. 별이 다섯 개 만점에서 두 개나 빠져 있었다. 순간 배신감을 느꼈지만 성인 남자의 걸음으로 역까지 24분, 한강까지 18분 걸리며 시장이 있어서 많이 시끄럽다는 부인할 수 없는 팩트가 쓰여 있어서 항의할 수도 없었다. 후기 말미에 매튜는 유튜브에 올라가 있는 자신의 여행 동영상을 링크해놓았는데, 나는 매튜가 여기 와서 한 일이라고는 대개 방 안에 있다가 나와 저녁을 먹고 디저트로 또다시 빅맥을 먹은 것밖에 없지 않나 하고 속 좁게 구시렁거리면서도 일단 클릭은 해보았다. 역시나 대강대강 찍은 풍경들이었지만 보고 있자니 매튜의 시선을 느껴볼 수는 있었다. 전철역 계단을 걷고 있는 사람들의 발소리가 합이 맞을 때 군인들의 행군 못지않게 일사분란한 소리가 나고 그것을 찍는 매튜도 박자를 맞추며 걸었다는 것. 공연 포스터를 들고 다니며 쫙쫙 청테이프를 뜯어 빠르고 정확하게 불법광고물을 붙이고 지나가는 젊은

이들에게는 마치 크로키의 필법 같은 속도감이 느껴지고 그렇게 순식간에 나타났다 사라지는 이들을 매튜가 자주 영상으로 담았다는 것. 그리고 시장에 쌓여 있는 무수한 물건들, 바구니라든가 양말이라든가 건생선이라든가 주스용이 아니면 가치가 없을 이미 갈변한 바나나, 식당으로 가는 사거리에 있는 홀트빌딩의 긴 그림자까지.

혹시 나와 관련한 컷이 나올까 걱정하고 한편으론 기대하면서 봤지만 리버하우스의 문고리 하나도 나오지 않았다. 우리가 여러 번 함께했던 백반집의 식사 장면도, 그렇게 궁금해하던 미역국의 정체도. 다만 눈에 익은 텔레비전 한 대가 등장했는데 그건 백반집에 놓여 있던 것이었다. 토요일 아침, 부스스 일어난 나와 매튜가 어슬렁어슬렁 식당으로 밥 먹으러 갔을 때가 떠올랐다. 주말 오전, 가족이 손을 잡고 나와 노래 경연을 벌이는 텔레비전 프로그램이 나오고 있었다. 그게 뭐 유니크하다고 카메라에 담았을까 싶었지만 매튜가 오래도록 잡고 있는 화면을 지켜보자니 점점 진폭이 큰 감정이 몰려왔다. 오랫동안 병을 앓고 난 어머니와 딸이 단단히 긴장한 채 부르는 해당화가

곱게 핀 바닷가에서, 라는 노래도 노래지만 카메라를 잡고 있는 매튜의 손이 흔들리고 있었기 때문이다.

며칠 동안 나는 매튜의 리뷰에 뭐라고 답해야 할지 고민했다. 보통은 당신들은 정말 멋진 투숙객이었어요, 이 도시는 언제나 당신 같은 사랑스러운 방문객들을 기다리고 있을 거예요, 고마워요, 하는 대답이었지만 뭔가 충분하지 않았다. 그러는 동안 거리를 걷다 보면 매튜의 비디오가 떠오르면서 이런 의문들이 생겨나곤 했다. 밤이면 더욱 도드라지는 편의점 간판들은 어째서 저렇게 꼭 24와 25 같은 숫자를 달고 있는 건가, 저녁 무렵 버스를 기다리는 사람들의 최종 목적지는 대부분 집일 텐데 왜 저렇게 많은 이들이 휴대전화를 들여다보며 누군가에게 메시지를 송신하고 있는 건가. 그러다 보면 자연스레 매튜에 대한 궁금증이 되살아났지만 이내 그런 게 뭐 그리 중요할까 넘기게 되었다. 15분짜리 동영상으로 남은 매튜의 한국 여행이 정확히 무엇이었든, 그러니까 그렇게 축약된 풍경 속에 담긴 매튜의 속마음이 무엇이었든 그 자연스럽게 균형을 잡아

세울 수 있었던 매튜의 젓가락만은 정말 대단하지 않았나 생각하면서, 그러니까 매튜의 방문에서 오직 그것만이 측정할 수 없을 만큼 대단한 일 아니었나 싶으면서.

성탄 인사

현우는 다른 사람의 뒷말을 따라 하는 버릇이 있었다. 예를 들어 그때 그래서 내가 그만 택시를 놓쳤, 까지 말하면 놓쳤, 놓쳤구나, 하고 상대가 하리라 예상되는 말을 자기도 모르게 따라 하는 것이었다. 상대 말에 동의해주려는 마음이 앞서다 보니 그렇게 되는 것이었지만 처음 만나는 사람들은 좀 당황스러워했고 친해지면 그런 버릇 있는 거 아니냐고 은근히 꼬집곤 했다. 그래서 다음에는 그러지 말자, 입술을 꼭 깨물고 가볍게 고개만 끄덕여주고 있자, 청자로서의 체면을 지키자, 하고 다짐해도 자기도 모르게 상대의 이야기에 집중하다가 이윽고 상

대가 그래서 그 자식의 멱살을 꽉 잡아서 내가 아주 족쳤……
하면 어느새 자기가 족쳤구나, 하게 되었다. 족쳤구나, 아주 요
절을 냈구나.

그런 현우의 버릇을 말이 말을 마중 나간다고 정리해준 사
람은 대학원을 같이 다녔던 은리였다.

"말이 혼자 나오면 외로울까 봐 네가 나가주는 거 아냐? 마
중 나가서 손잡고 여기로 와라, 끌어주는 것 같은데?"

현우는 정말 눈부시도록 아름다운 위로라고 생각했다. 이제
는 대화하는 데 그리 겁을 집어먹지 않을 수 있을 것 같았다.
그래서 은리의 위로를 자주 생각했고 그러다 보니 은리에 대해
빈번히 떠올렸고 이윽고 사랑에 빠졌다. 하지만 연애는 1년도
되지 않아 허무하게 끝이 나고 말았다. 이별하던 날은 비극적
이게도 성탄 전야였다. 둘은 늘 그렇듯 광화문에서부터 걸었고
걷다 보니 너무 추웠고 어디 카페를 들어가야 하나 어째야 하
나 생각하다가 우연히 역사박물관을 찾았다. 다른 이유는 없
고 카페는 만석이고 밥은 이미 먹었으니까 가장 만만하게 따뜻
한 시간을 보낼 수 있는 곳을 정한 것이었다.

상설 전시관을 어슬렁거리다가 둘은 서울을 1500분의 1의 미니어처로 줄여 만들어놓은 '도시모형전시관'으로 들어갔다. 손톱만 한 남산과 63빌딩 그리고 강남의 그 무수한 아파트 대형이 발아래 펼쳐졌다. 살다 보면 한없이 거대하고 아득하게 느껴지는 서울이지만 그렇게 만들어놓으니 꽤 앙증맞아 보였다. 모니터에서 찾고 싶은 곳을 누르면 조명이 이동하면서 그 부분을 환하게 밝히는 기능도 있었다. 은리는 각자 살아본 동네를 한 번씩 눌러보자고 했다. 스무 살부터 스물일곱까지, 은리가 고향에서 올라와 옮겨 다닌 동네는 열한 곳쯤 되었고 현우는 여덟 곳이었다. 둘은 마치 경쟁하듯 한 번씩 버튼을 눌러 조명을 이동시켰고 살았던 곳이 스포트라이트를 받으면 서로 그 동네 이름을 불러주었다. 미아, 불광, 독립문, 태릉, 망원, 구로, 신림 같은 지명들이었다. 그러다 문득 말이 끊기며 전시관이 유난히 썰렁하고 텅 빈 듯 느껴졌고 폐관하는 8시가 되자 그들은 다시 12월의 차가운 밤공기 속으로 나와야 했다. 정류장으로 걸었고 현우가 반대편에서 버스를 타야 해서 횡단보도 앞에서 신호를 기다렸다.

그때 은리가 성탄 전야니까 우리 덕담 한마디씩 하고 헤어지자고 말했다. 현우는 은리 입에서 나온 그 헤어지자는 말이 오늘에 한정된 것인지 아니면 그즈음 하루가 멀다 하고 이별을 얘기했던 것처럼 오늘은 물론이고 내일과 그 이후도 다 포함한 말인지를 생각했다. 그것에 대해 물으려고 입을 떼는데 은리가 "그동안 수고했어"라고 인사했다. 그동안이라는 말이 무엇을 뜻하는지 이제 확실하다고 생각한 현우는 또 버릇처럼 "수고했지, 비위 맞추느라 내가 수고했지" 하고 은리의 말을 받아 반복하고 말았다. 그리고 정작 자기는 어떤 말, 심지어 아주 단순한 성탄 인사도 못한 채 획 뒤돌아 버스를 탔다.

현우는 자신의 '말 마중'이 완전히 실패한 느낌이었다. 누군가의 손을 잡아끄는 것이 아니라 등을 떠미는 성급한 배웅이 되었기 때문이다. 은리가 최종적으로 석사 논문을 포기하고 대학원을 떠나 연락이 끊기면서 그의 예감은 정확히 맞아들어간 셈이 되었다.

은리를 다시 만난 건 은사의 정년퇴임식에서였다. 송년회를 겸한 그 자리에는 거의 100명 가까운 사람이 북적이고 있었다.

작은 호텔의 뷔페를 빌린 것이었고 입구에는 대학원생들이 은사가 마지막으로 쓴 저서를 팔고 있었다. 사실 그건 행사의 찬조금을 받는 창구인 셈이었다. 꽃다발을 들고 헐레벌떡 식장으로 온 은리가 미처 돈봉투를 준비 못한 듯 "저기, 여기 시디기가 어딨어요?" 하고 묻는 장면이 눈에 들어왔다. 은리가 그 자리에 나타나리라는 것을 예상치 못한 현우는 당황했다. 은리는 긴 머리를 염색하고 파마한 것 말고는 크게 변한 점이 없었다. 대학원생이 지금 건물 내에 시디기가 말썽이라서 나가셔야 한다고 하자 은리는 유리창을 가리키며 이 폭설에, 하면서 말을 잇지 못했다. 현우도 은리를 따라 창밖을 바라보았다. 로비의 크리스마스트리에는 빨갛고 파란 조명들이 설치되어 일정한 간격으로 켜졌다 꺼졌다 했다.

"왔어? 반갑다."

현우가 말을 걸자 은리는 비로소 그를 알아본 듯 안녕 안녕, 하고 인사했다. 그러면서 한동안 무언가를 생각하는 듯한 간격을 두었는데 그 잠깐이 아마 횡단보도에서 멈춰진 그들의 시간을 리와인드하는 순간이었을 것이다.

"왜 안 들어가?"

"아, 그게 내가 오늘 여기까지 오는데 너무 오래 걸렸거든. 여기가 버스를 타고 한참을 와야 하니까. 그런데 내가 원래 현금을 안 가지고 다녀서 현찰이 하나도 없네, 그렇다고 찾으러 가자니 시디기도 너무 멀고. 봐봐, 밖에 저렇게 눈이……"

"오는구나, 눈이 오지."

"어? 어, 눈만 오는 줄 아니? 길이 다 얼어붙어가지고 걸어서 통과하려면 다리에 힘을 얼마나 줘야 하는지 걸어오는데 내가 무릎이 다……"

"아팠구나, 아팠어. 그렇지, 그럴 만하지."

현우가 자기도 모르게 은리의 말을 기다리지 않고 그 뒤를 자르며 따라 하자 은리는 풋 하고 웃었다. 현우는 순간 그런 게 있다면 입에다 락을 걸어버리고 싶은 마음이었다. 그래서 서둘러 지갑에서 5만 원을 꺼내주면서 나중에 보내달라고 했다.

"고맙다. 근데 미안하다. 오랜만에 나타나서 5만 원이나 출혈시키고."

"괜찮아. 떼먹을 건 아니잖아."

"그거야 모르지."

그날 식순은 대부분 축사로 채워졌다. 결국 그렇게 많은 사람이 그에 대해 한마디씩 할 수 있게 하기 위해 이 머리 아픈 행사를 준비한 게 아닌가 싶을 정도로 길고 거룩한 축사들이었다. 정작 정년을 하는 은사의 인사말은 짧고 간명했다. 그는 어려서 아버지가 알려준 단 하나의 충고 덕분에 긴 시간 책상에 앉아 이렇게 끝까지 '선생질'을 할 수 있었다고 회상했다. 은사의 아버지는 일생을 공사장에서 특별한 기술 없이 몸 쓰는 일을 한 '노가다'였는데, 무거운 물건을 들 때 절대 허리를 앞으로 숙여서 들지 말고 마치 역도 선수처럼 다리는 쪼그리고 허리는 곧 죽어도 세운 채 들어야 한다고 그래야 몸이 나가지 않는다고 입버릇처럼 말했다. 선친은 마치 그것을 자기가 남겨줄 수 있는 위대한 유산처럼 반복해서 얘기했고 돌아가시기 전에도 마찬가지였다. 이미 교수가 된 자식에게도 그가 일생을 통해서 깨달은 최선의 충고를 잊지 않았다. "야야, 허리를 수그리면 안 돼. 허리를 세우고 들어야 한다"라는. 은사는 연단에서 내려가기 전 잠깐 망설이다가 아버지, 저도 이제 수고 많이 했

습니다, 라고 천장을 보며 인사했다.

호텔 뷔페에서 맥줏집으로, 다시 막걸리집으로 이어지는 동문들의 긴 술자리 동안 그는 은리와 가까이 앉지는 못했다. 그냥 같은 공간에 있으면서 이따금 누군가 너무 큰 소리로 농담을 한다거나, 누가 일어서서 집에 가거나 뒤늦게 도착하거나 해서 인사를 해야 할 때만 그와 은리 사이에는 공통의 화제가 생겨났다. 그는 은리가 저기 고무나무 옆 테이블에, 다시 저기 저 미니어처로 된 물레방아 모형 옆에 있다는 것을 매 순간 의식했지만 말 걸어볼 용기는 나지 않았다. 술자리가 끝나고 밖으로 나온 사람들은 이제 뿔뿔이 흩어졌다. 모두들 취했고 취한 상황에서는 뭐 그렇게 예의를 차려 작별 인사하지 않아도 각자 알아서 집으로 돌아가는 것이니까, 그렇게 알아서 각자 돌아가 다음 날 메시지나 찍어주는 것이 우리가 할 수 있는 최선의 인사니까 괜찮았다.

한참을 기다려도 택시는 잡히지 않았다. 어쩔 수 없이 연남동에 사는 은리와 문래에 사는 또 다른 선배 그리고 불광에 사는 현우가 택시 한 대에 탔다. 가는 도중에는 서로의 근황에

대한 이야기만 오갔다. 은리는 다니고 있는 회사를 옮길까 생각 중이라고 했다.

"3개월 다니면 3년까지 버티고 3년을 버티면 그 뒤 3년은 또 어떻게 다닌다는 직장인 333법칙이 맞나 봐. 3년 차 넘어가기가 쉽지 않네. 이직 생각만 나고."

앞 좌석의 선배는 이미 잠이 든 사이 이윽고 은리가 저 앞 횡단보도에 세워주시면 돼요, 라고 가리켰다. 택시가 그 횡단보도로 가까이 가는 짧은 순간에 문득 현우는 그런데 우리가 그때 왜 헤어졌지? 하고 묻고 싶은 충동을 느꼈다. 우리가 왜 이렇게 되었지? 하는. 하지만 그것은 그때도 몰랐고 지금도 알수 없는 일이었다.

"선배, 저 내려요. 메리크리스마스 하세요."

은리가 앞 좌석을 툭툭 치며 인사했고 곧이어 현우 쪽을 바라보았다. 현우는 택시의 노란 불빛 아래에서 자기에게 할 인사를 고르고 있는 은리를 바라보면서 이런 밤 가능한 말들 중 무엇을 예상해야 할지, 그러니까 어떤 말을 마중 나가게 될지 긴장했지만 이윽고 은리는 "너도 메리크리스마스다"라고 인사

했다.

"그렇지, 메리크리스마스, 메리크리스마스지."

"그리고 내가 5만 원은······"

"갚는다구, 갚는다구."

현우가 그렇게 은리의 말을 또 맺었다. 택시는 은리를 내려
놓고 눈길을 달려나가는데 현우는 뭔가 이번에도 제대로 말하
지 못한 기분이었다. 낭패감이 들었고 히터를 틀어도 소용없는
찬 기운 속에 혼자 갇혀버린 것 같았다. 그런데 그때 5만 원은
어떻게 받아야 하나, 하는 생각이 들었다. 갚겠다고 하더니 은
리가 계좌번호도 묻지 않았기 때문이다. 물론 전화번호도. 그
러면 갚긴 하겠다는 건가, 5만 원이야 학생 때는 큰돈이었어도
이제 자기에게는 있으나 없으나 큰 무리 없는 돈이기는 하지만
정말 은리는 어떻게 갚을 생각인가.

마침내 성탄이 되고 자정의 라디오에서 은은한 캐럴이 흘러
나와도 현우는 그 5만 원에 대해서는 생각을 멈출 수 없었다.
그러니까 적어도 지금은 그것이 성탄 전야에 알맞은 좀 볼품
은 없지만 적당하고 따뜻하며 그래서 훌리한 어떤 것이 아닐까

싶어서. 은리가 말하지 않았으니 현우가 알 수 없고 이제 짐작할 수도 없었지만 적어도 이 밤에는 상관없었다.

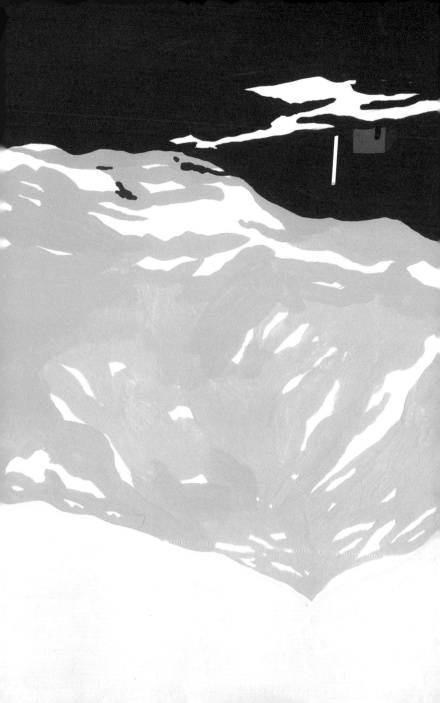

KB099852